हिन्द पॉकेट बुक्स

विदुर-नीति

डॉ. रामचन्द्र तिवारी का जन्म 1924 ई. में बनारस जिले के एक कुलीन ब्राह्मण परिवार में हुआ था। आपका सारा जीवन शिक्षा के क्षेत्र से जुड़ा रहा, इसलिए आपकी पुस्तकें हर किसी के लिए बेहद उपयोगी हैं। आपने एक अध्यापक रहते हुए अनेक उत्कृष्ट पुस्तकों की रचना की है। छात्रों के लिए कई कोशों की रचना करके भी हिन्दी साहित्य एवं व्याकरण में अपना योगदान दिया है।

विदुर-नीति

महात्मा विदुर

प्रस्तुति

डॉ. रामचंद्र तिवारी

हिन्द पॉकेट बुक्स
पेंगुइन रैंडम हाउस इम्प्रिंट

हिन्द पॉकेट बुक्स

यूएसए | कैनेडा | यूके | आयरलैंड | ऑस्ट्रेलिया
न्यू ज़ीलैंड | भारत | साउथ अफ्रीका | चीन | सिंगापुर

हिन्द पॉकेट बुक्स, पेंगुइन रैंडम हाउस ग्रुप ऑफ़ कम्पनीज़ का हिस्सा है,
जिसका पता global.penguinrandomhouse.com पर मिलेगा

पेंगुइन रैंडम हाउस इंडिया प्रा. लि.,
चौथी मंजिल, कैपिटल टावर -1, एम जी रोड,
गुड़गांव 122 002, हरियाणा, भारत

पेंगुइन
रैंडम हाउस
इंडिया

प्रथम हिन्दी संस्करण हिन्द पॉकेट बुक्स द्वारा 1989 में प्रकाशित
यह हिन्दी संस्करण हिन्द पॉकेट बुक्स में पेंगुइन रैंडम हाउस द्वारा 2022 में प्रकाशित

10 9 8 7 6 5 4 3 2

ISBN 9789353495572

मुद्रकः रेप्रो इंडिया लिमिटेड

www.penguin.co.in

FSC
www.fsc.org
MIX
Paper from
responsible sources
FSC® C047271

This is a legitimate digitally printed version of the book and therefore might not
have certain extra finishing on the cover.

भूमिका

विदुर महाभारत के अद्भुत एवं बेजोड़ पात्र हैं। सम्भवतः अपने स्वभाव एवं दिनचर्या से विदुर संत के समान रहते थे। जब भगवान् कृष्ण उनके यहां पहुंचे तो वे उनके सम्मान में भोजन के रूप में 'साग' ही परोस सके।

विदुर कुरु राज्य के महामंत्री तो थे ही, इस पद के अतिरिक्त इनकी विद्वत्ता के कारण उनके प्रभाव की छाप सर्वत्र मिलती है। न्यायप्रिय और धर्मप्रिय थे और एकदम निष्पक्ष। धर्म मार्ग पर चलने वाले को हृदय से चाहना और अधर्मी को न चाहना इनकी सहज वृत्ति थी, इसीलिए वे दुर्योधन को पसंद नहीं करते थे और युधिष्ठिर इनको धर्मारूढ़ होने के कारण विशेष प्रिय थे।

किसी विकट समस्या के उपस्थित होने पर जब भीष्म पितामह तथा आचार्यों सहित सभी किंकर्तव्यविमूढ़ हो जाते थे, उस समय विदुर जी ही सत्परामर्श देते थे। राजनीति का व्यक्ति होने पर भी विदुर जी सदैव धर्म-नीति पर आधारित उपदेश देते थे। उनके उपदेश, उनके कथन का सभी सम्मान करते थे।

यही कारण है कि जब विराट नगर से दूत-कर्म करके लौटे संजय ने अगले दिन सभा में ही शेष बातें बताने की बात कही तो महाराज धृतराष्ट्र अत्यधिक व्यग्र हो गये। उस समय की व्यग्रता वे यदि प्रकट कर सके तो केवल महात्मा विदुर पर और यदि परामर्श चाह सके तो केवल महात्मा विदुर से। उस समय धृतराष्ट्र और विदुर के बीच हुए वार्तालाप में जो नीति वचन विदुर जी बोले उनको 'प्रजागर पर्व' के रूप में अध्यायवार देने की अपेक्षा अलग-अलग विषयों पर उनके नीति वचनों को एक जगह देने का इस पुस्तक में प्रयत्न किया गया है। सामान्यतः पाठक उनके नीति विषयक विचार जानने

के लिए ही अधिक उत्सुक होते हैं, अतः उनके नीति-वचन विषयों के अनुसार पहले दिये जा रहे हैं। सभी श्लोकों को एक साथ (विषयवार) अंत में दिया जा रहा है। इसमें पहला अंक 'प्रजागर पर्व' के अध्याय को सूचित करता है और दूसरा अंक श्लोक-संख्या को जैसे।। 2/15।। का तात्पर्य होगा दूसरे अध्याय का पंद्रहवां श्लोक।

विश्वास है, पाठक वर्ग को यह विदुर-नीति पसंद आएगी। विदुर जी के सूत्र-कथनों की व्याख्या भी पाठकों की सुविधा के लिए दी जा रही है जिससे वे नीति-वचनों के मर्म को और अच्छी तरह समझ सकेंगे।

अनुक्रम

विदुर : जन्म और जीवन

महात्मा विदुर का जन्म महाभारत काल की असाधारण परिस्थितियों का परिणाम था। उनका समूचा जीवन भी संकट की स्थितियों में हस्तिनापुर के कुरु वंशजों और पांडवों के बीच चली असामान्य प्रतिद्वन्द्विता, संघर्ष और अंततः महायुद्ध के बीच बीता। महात्मा विदुर उद्भट विद्वान्, धर्म नीति के ज्ञाता और वैदिक राजनीति में परम कुशल व्यक्ति थे। यही कारण है कि 'महाभारत' में उनका एक विशेष स्थान है। वे सभी के लिए सम्माननीय थे। परम अभिमानी और पांडवों के प्रति अत्यधिक द्वेषपूर्ण मन रखने वाला दुर्योधन भी विदुर जी की निष्पक्षता के विषय में पूर्णतः आश्वस्त था। राजा धृतराष्ट्र, भीष्म पितामह और अन्य सभी राजपुरुष एवं आचार्यगण उनका पूर्ण आदर करते थे। निर्भयता, वाणी का संयम और अवसरानुकूल बात कहना (और जो कहना है, उसमें हिचकना नहीं) उनके सर्वश्रेष्ठ गुण थे।

विदुर जी के जन्म के समय की असाधारण परिस्थितियों को समझने के लिए उस समय के हस्तिनापुर राजकुल की अवस्था को समझना उपयोगी रहेगा।

भरतवंशी सम्राट् कुरुनरेश महाराजा शांतनु के पुत्र और सत्यवती नंदन चित्रांगद एवं विचित्रवीर्य के निस्संतान मर जाने के उपरांत हस्तिनापुर राज्य भीषणतम स्थिति में फंस गया था। शांतनु-पुत्र गांगेय (जो आगे चलकर भीष्म पितामह कहलाये) अपने पिता को सत्यवती (मत्स्यगंधा) से विवाह करने का मार्ग प्रशस्त करने के लिए दिये गये अपने इस वचन से बंधे थे कि वे आजीवन विवाह नहीं करेंगे और महारानी सत्यवती से जन्मे दोनों पुत्र निस्संतान मर गये थे। समस्या थी कि ऐसी अवस्था में कुरुवंश कैसे चले? यदि हस्तिनापुर के सिंहासन

पर कुरुकुल का कोई अन्य व्यक्ति बैठे तो राज्य में अस्थिरता तो आ ही सकती है, उस अवस्था में महारानी सत्यवती तथा युवराज देवव्रत गांगेय को भी अनादर का सामना करना पड़ सकता है। ऐसी स्थिति में क्या किया जाय।

हस्तिनापुर राज्य की इस गम्भीरतम समस्या पर विचार करने के लिए महारानी सत्यवती, युवराज गांगेय, कुलगुरु आचार्य विभूति, उनके पिता आचार्य ब्रह्मिष्ठ, उनके शिष्य आचार्य देवपाल, भीष्म के चाचा कुरुश्रेष्ठ महाबाहु एवं सुकेतु, कूटनीतिज्ञ कणिक, मुनि द्वैपायन (जो बाद में वेदव्यास कहलाये) और उनके शिष्य सुमंतु में गम्भीर मंत्रणा हुई। समस्या के सभी पक्षों पर गम्भीर विचार-विमर्श के बाद अंततः यह तय हुआ कि कुरुवंश को आगे बढ़ाने के लिए 'नियोग प्रथा' का सहारा लिया जाए। यद्यपि महाभारत काल तक आते-आते धर्म की दृष्टि से इस प्रथा को उत्तम नहीं माना जाता था किन्तु आपत्ति काल में कुरुवंश की रक्षा के लिए कुलगुरु के पिता आचार्य ब्रह्मिष्ठ के नियोग के प्रस्ताव को स्वीकार कर लिया गया।

नियोग प्रथा के अनुसार पितृपक्ष का भाई विधवाओं से सम्पर्क करके संतान उत्पन्न कर सकता था और वह संतान धर्मानुकूल उस वंश की परम्परा को आगे बढ़ाने वाली मान ली जाती थी। स्वभावतः युवराज गांगेय (गंगापुत्र) से अनुरोध किया गया कि वह पुत्रवधुओं अम्बिका एवं अम्बालिका के साथ नियोग करें। गांगेय ने दृढ़तापूर्वक इस प्रस्ताव को अस्वीकार कर दिया और तर्क दिया कि 'नियोग तो विवाह ही है। यदि मुझे यही करना पडा. तो मेरी स्वर्गीय पिता एवं कुलदेवों को दी हुई प्रतिज्ञा भंग हों जाएगी। यदि मैंने प्रतिज्ञा तोड़ी तो मेरा धर्म भी टूट जाएगा।' वे अपने इस तर्क पर अटल रहे। मुनि द्वैपायन ने भी गांगेय के तर्क का समर्थन किया और गांगेय को 'क्षात्र धर्म' का साक्षात् अवतार बताया।

अधिक जोर डाले जाने पर गांगेय ने अपनी प्रतिज्ञा तोड़ने की अपेक्षा मरना स्वीकार किया। समस्या इससे और भी जटिल हो गई। कोई समाधान निकलते न देख महारानी सत्यवती ने अकस्मात् गोधूलि आश्रम (जहां मुनि द्वैपायन के पिता पंगु मुनि पराशर की समाधि थी) चले जाने का अपना निर्णय

सुना दिया। सत्यवती ने (कौमार्यावस्था में मुनि पराशर से उत्पन्न अपने पुत्र मुनि द्वैपायन से) गोधूलि आश्रम जाने की तैयारी करने को कहा और उन्हें साथ लेकर मंत्रणा-कक्ष से बाहर चली गईं।

कुरुवंश के भविष्य की समस्या और भी जटिल हो गई। शेष लोगों ने फिर गम्भीर मंत्रणा आरम्भ की। उधर कुरुवंश के अन्य युवा राजपुरुष सत्ता को अपनी गोद में आने की सम्भावना देखने लगे। कुरु राज्य कमजोर हाथों में जाकर विघटित हो या नियोग प्रथा से ही कुरुवंश परम्परा चलाने का कोई मार्ग निकले बस ये ही दो विकल्प थे।

अंत में 92 वर्षीय आचार्य ब्रह्मिष्ठ ने सुझाव दिया कि काशी की कुमारियों को संतानवती बनाने के लिए पितृपक्ष का जब कोई नहीं है, तब मातृपक्ष के भाई से अनुरोध किया जाए। मातृपक्ष से चित्रांगद, विचित्रवीर्य के भाई थे कृष्ण द्वैपायन। आचार्य ब्रह्मिष्ठ ने कुरु राजपुरुषों से भी स्पष्ट रूप से पूछा कि मातृबंधु के नियोग से जन्मी संतान को वे शांतनु का वंशज स्वीकार करेंगे या नहीं।

आचार्य विभूति ने इसे और भी स्पष्ट किया कि वह संतान महाराजा शांतनु की रक्त-वंशज न होगी, बल्कि उन महारानी सत्यवती की रक्त-वंशज होगी जो विवाह के उपरांत कुरुकुलवधू बनी हैं। क्या कुरु राजपुरुष इसे स्वीकार करेंगे?

इस प्रश्न के उत्तर में जब बड़े कुरु राजपुरुष महाबाहु ने कहा कि यह कह पाना तो कठिन है, तो क्रोधित स्वर में आचार्य ब्रह्मिष्ठ ने स्थिति की भयावहता सबके सामने रखी और कहा कि 'मूर्खो, तब मैं कुछ नहीं कर सकता। अब गांगेय अपनी प्रतिज्ञा पर अटल रहें, राजमाता हस्तिनापुर छोड़ जाएं (जैसा वे निर्णय ले चुकी हैं) और कुरुवंश के योद्धा आपस में कट मरें। जो मेरा सत्परामर्श स्वीकार नहीं करते, वे परामर्श दिये जाने के योग्य ही नहीं।' यह कहकर जब आचार्य ब्रह्मिष्ठ जाने लगे तो युवराज गांगेय ने उन्हें रोका और कहा कि 'कुरु राजपुरुषों से मैं इसे मनवाऊंगा। स्थिति बहुत ही विकट हो गई है। हम मातृबंधु के नियोग से जन्मी संतान को स्वीकार करेंगे।'

'लेकिन क्या इसे राजमाता स्वीकार कर लेंगी और क्या स्वयं मातृबंधु इसके लिए तैयार हो जाएंगे?' आचार्य ब्रह्मिष्ठ ने अपनी ओर से प्रश्न उठाया।

इस समस्या के हल के लिए राजमाता तथा द्वैपायन को भी बुला लिया गया क्योंकि इस समाधान से गांगेय को भी अपनी प्रतिज्ञा तोड़नी नहीं पड़ेगी और राजमाता को भी (अनादर के भय से) हस्तिनापुर छोड़ने की आवश्यकता नहीं पड़ेगी।

कुलगुरु आचार्य विभूति ने अपने पिताजी का प्रस्ताव राजमाता को बताया और कहा कि मुनि द्वैपायन विचित्रवीर्य के मातृबंधु हैं, अतः काशी नरेश की पुत्रियों के साथ वे नियोग करेंगे।

राजमाता ने भी वही आपत्ति उठायी कि कुरुकुल के लोग उस संतान को आर्यपुत्र (महाराजा शांतनु) का सच्चा उत्तराधिकारी नहीं मानेंगे। कौन यह सुनिश्चित करेगा कि इस नियोग से जन्मी संतान ही कुरु सिंहासन पर बैठेगी? (कुल राजपुरुष महाबाहु एवं सुकेतु ने बाद में इस विषय में अपनी सहमति प्रकट कर दी।)

इसका जिम्मा जब गांगेय ने अपने ऊपर लिया तो राजमाता ने अगला प्रश्न किया कि 'द्वैपायन ने इस प्रस्ताव पर सहमति दे दी है?'

द्वैपायन और उनकी पत्नी जाबालीया इससे सहमत नहीं थे। द्वैपायन ने तो स्पष्टतः इनकार ही कर दिया। युवराज गांगेय ने द्वैपायन मुनि से कहा, 'अब सब कुछ आपके निर्णय पर निर्भर करता है।'

जब द्वैपायन ने अपना निर्णय अगले दिन बताने की बात कही तो वृद्ध श्रोत्रिय आचार्य ब्रह्मिष्ठ ने स्पष्ट कहा कि 'आज श्रोत्रिय कुरु राजकुल, समस्त आर्यावर्त्त और स्वयं धर्म भयंकरतम संकट में हैं, अतः आज और अभी निर्णय लेना होगा। द्वैपायन, तुम नियोग के लिए सहमत हो या नहीं, मुझे साफ उत्तर दो। यदि तुम सहमत न होगे तो न क्षात्र तेज बचेगा और न ब्रह्म तेज। अब निर्णय करने वाले हम-तुम कोई नहीं हैं, देवों ने निर्णय कर दिया है और वह चाहे कितना ही अप्रिय क्यों न लगे, नियोग तो तुम्हें करना ही है।'

मुनि द्वैपायन ने वृद्ध आचार्य के आदेश के सामने सिर झुका दिया।

स्थिति की विकटता यहीं समाप्त नहीं हुई। इस नियोग के फलस्वरूप अम्बिका के बहुत स्वस्थ किन्तु अंधा बालक जन्मा जिसका नाम रखा गया 'धृतराष्ट्र' (राष्ट्र को सम्भालने वाला)। दूसरी रानी अम्बालिका के पीले रंग का कमजोर-सा पुत्र जन्मा जिसका नाम पांडु रखा गया। ये दोनों ही भावी सम्राट् बनने योग्य न लगे तो तय हुआ कि अम्बिका पुनः नियोग के लिए उद्यत हो। अम्बिका इसके लिए राजमाता से इनकार न कर सकी किन्तु वह इसके लिए उद्यत भी न थी। उसने स्वयं न जाकर अपनी दासी को भेज दिया। द्वैपायन सरीखे ऋषि से संतान प्राप्त करने के लिए दासी सहर्ष तैयार हो गई।

इस प्रकार जन्मा बालक था विदुर, जिसे अपने नियोगी पिता का ज्ञान, धार्मिकता और तेजस् आदि सभी गुण विरासत में मिले। मातृपक्ष से उन्हें निष्ठा, धैर्य, विनम्रता और सेवापरायणता के गुण मिले। इसके साथ ही समस्याओं के प्रति पितृमानस भी उन्हें प्राप्त हुआ जो विदुर के जीवन में हस्तिनापुर राजकुल की समस्याओं को सुलझाने या कम-से-कम स्थितियों पर गहरी पकड़ रखने की सामर्थ्य उन्हें प्रदान कर गया।

इस संदर्भ में महाभारतकार इस एक प्रश्न को सर्वथा टाल गये कि जब दूसरी बार नियोग के लिए अम्बिका के स्थान पर दासी पहुंची तो मुनि द्वैपायन ने इससे इनकार क्यों नहीं कर दिया? क्योंकि वे भली-भांति अम्बिका को जानते थे और यह भी जानते थे कि दासीपुत्र किसी भी स्थिति में कुरुवंश को आगे चलाने वाला व्यक्ति नहीं हो सकता। गुजराती के उद्भट लेखक श्री कन्हैयालाल माणिकलाल मुंशी ने 'कृष्णावतार' सरीखी महत्त्वपूर्ण कथा के अंतर्गत 'वेदव्यास' पर लिखी पुस्तक में इस प्रश्न को उठाना भी उचित नहीं समझा।

सम्भव है कि त्रिकालज्ञ मुनि द्वैपायन ने अनुभव किया हो कि आगे चलकर ऐसी स्थितियों के बीच से कुरु राजकुल को गुजरना होगा कि उसे सत् परामर्श देने वाले, धर्म का मार्ग दिखाने वाले एक व्यक्ति की आवश्यकता अनिवार्य

बन जाएगी। उस व्यक्ति को भाई सरीखा सम्मान मिले और वह स्वयं सभी प्रकार की धर्मनीति, राजनीति और व्यावहारिक जीवन की समस्याओं की गहरी पकड़ रखने वाला हो। इसीलिए मुनि द्वैपायन ने दासी से नियोग करना मान लिया हो और भविष्यदर्शी मुनि की ऐसे व्यक्ति की संकल्पना तथा दासी की चरम सन्तुष्टि ने विदुर जैसी संतान को जन्म दिया हो।

विदुर कितने समादृत थे, यह इसी प्रसंग से प्रकट है कि वनवास के बारह और अज्ञातवास का एक वर्ष पूर्ण होने पर पांडव प्रकट हुए और विराट् नगर में भावी कार्यक्रम विषयक मंत्रणा एवं युद्ध की तैयारी के बीच राजा द्रुपद ने अपने पुरोहित को कुरु नरेश धृतराष्ट्र के पास भेजा। उनके युक्ति-युक्त कथन का भीष्मादि द्वारा अनुमोदन किये जाने पर भी दुर्योधन ने उसे अस्वीकार कर दिया। पुरोहित के लौट जाने पर धृतराष्ट्र ने संजय को अपना दूत बनाकर युधिष्ठिर के पास भेजा और कहलाया कि 'युद्ध में भीष्म आदि स्वजनों को मारकर राज्य भोगने से तो भीख मांगकर खा लेना अच्छा है।' इसके उत्तर में युधिष्ठिर और श्रीकृष्ण का संदेश लेकर संजय ने वापस आकर कहा कि 'पांडव धर्मपूर्वक ही अपना राज्य चाहते हैं। यदि उनका उचित भाग उन्हें न दिया गया तो विश्व में भारी अनर्थ हो जाएगा। यात्रा में थक जाने के कारण विशेष कल सभा में ही कहूंगा।' संजय के इस कथन से महाराज धृतराष्ट्र अत्यधिक विचलित हो गये और सोचने लगे कि कल सभा में संजय सबके सामने न जाने क्या कहे। ऐसी विषम मानसिक उलझन के समय उन्होंने विदुर को बुलाया और उनसे अपनी मनोव्यथा कहते हुए उनकी सम्मति चाही।

महात्मा विदुर ने इस संकटापन्न वेला में भी महाराज धृतराष्ट्र को पुनः नीति उपदेश दिया। महाभारत के उद्योग पर्व के अंतर्गत प्रजागर पर्व के रूप में आठ अध्यायों में यह उपदेश वर्णित है जो विदुर-नीति के नाम से विख्यात है। महाभारत में विदुर ने यथासमय और भी नीति वचन कहे हैं। किन्तु महाभारत का यह चालीसवां अध्याय ही विदुर-नीति के रूप में प्रसिद्ध है।

विदुर के व्यक्तित्व का कितना सम्मान कुरुकुल नरेश धृतराष्ट्र करते थे, यह इस अवसर पर उनके सम्बोधनों से भी प्रकट है। कुरु नरेश ने प्रजागर पर्व के प्रथम अध्याय में ही विदुर को **'महाप्राज्ञ'**, **'दीर्घ दर्शिनः'** (श्लोक 1/5), **'त्वमेक प्रज्ञासम्मतः'** (1/15); दूसरे अध्याय में **'धर्मार्थ कुशलः'** (2/1), **'अदीन सत्त्व'** (उदार चित्त वाला, (2/2) तथा **'कवे'** (विद्वान), (2/3); तीसरे अध्याय में उन्हें **'महाबुद्धे'** (3/1) और चौथे अध्याय में **'महामते'** (4/50) कहकर सम्बोधित किया है। इन विशेषणों से ही प्रकट है कि विदुर परम विद्वान्, दूर तक की सोचने वाले, राजनीति-धर्मनीति को भली-भांति जानने वाले, उदार चित्त, एकमात्र महाबुद्धिमान् तथा महामतिवान् व्यक्ति थे।

इतने गुणों से सम्पन्न विदुर ने धृतराष्ट्र को यह नीति-उपदेश ही नहीं दिया, वरन् कुरु राजघराने की समस्याओं को भी सुलझाया। पांचों पांडुपुत्रों का जन्म पांडु के वननिवास काल में हुआ था और सभी को ज्ञात था कि पांडु शापवश (या रोग के कारण) संतानोत्पत्ति में सक्षम नहीं हैं। ऐसी अवस्था में जन्मे पांचों पांडुपुत्रों को राजपरिवार का सदस्य, पांडु की संतान, स्वीकार कराने के लिए भी बड़े कौशल की आवश्यकता थी। पांडुपुत्रों को राजपुत्र स्वीकार भी कर लिया गया किन्तु उन्हें कुरुकुल के विशेषण 'कौरव' से भिन्न 'पांडव' के रूप में ही स्वीकारा गया। इस स्थिति को लाने में विदुर की पर्दे के पीछे महत्त्वपूर्ण भूमिका रही। सम्भवतः इस अवस्था में पांडुपुत्रों में वह लगन भी पैदा की जिससे प्रत्येक पांडुपुत्र अपने-अपने क्षेत्र में आर्यावर्त्त का सर्वश्रेष्ठ व्यक्ति सिद्ध हुआ।

युधिष्ठिर को युवराज बनाये जाने में भी विदुर की भूमिका प्रमुख थी और जब वारणावत के लाक्षागृह में पांडुपुत्रों की कुंती समेत हत्या करने का षड्यंत्र किया गया, तो उससे पांडवों की रक्षा करने में विदुर की भूमिका प्रशंसनीय थी। उनकी उससे भी महत्त्वपूर्ण भूमिका तब रही जब द्रौपदी स्वयंवर के पश्चात् विदुर पांचों पांडवों, कुंती तथा कुलवधू द्रौपदी को हस्तिनापुर लाए। जब सभी लोग इस बात से आश्वस्त हो चुके थे कि पांडव लाक्षागृह में मारे

गये, तब उनके जीवित होने और जिस 'ब्राह्मण पुत्र' ने द्रौपदी स्वयंवर में लक्ष्यवेध किया था, वह अर्जुन ही है और पांचों भाई पांडव हैं, इनके परिचय के विषय में आश्वस्ति प्रदान कराना, कितना कठिन काम था, यह सहज ही समझा जा सकता है। स्वयंवर में दुर्योधन, शकुनि, कर्ण आदि सभी थे किन्तु उन्होंने लक्ष्यवेध करने वाले ब्राह्मण पुत्र को कतई नहीं पहचाना। जिन पांडवों के साथ कौरव पुत्रों ने बालपन बिताया, साथ-साथ शिक्षा ग्रहण की, वे भी उन्हें पहचानने में असमर्थ रहे हों, तब धृतराष्ट्र और भीष्म पितामह को यह समझा पाना कि स्वयंवर में विजयी ब्राह्मण पुत्र अर्जुन ही है, कितना कठिन कार्य था। जनमत की प्रबलता को आधार बनाकर पुत्रमोह में अंधे धृतराष्ट्र को इस बात के लिए तैयार करना कि पांडवों को कुलवधू द्रौपदी एवं माता कुंती के साथ हस्तिनापुर बुलाया जाय और पूर्ण औपचारिकता के साथ उनका स्वागत किया जाए, अपूर्व बुद्धिचातुर्य का काम था जिसे विदुर ने पूरा किया।

यहां तेजी से परिवर्तन हो रहे सामाजिक मूल्यों को भी दृष्टि में रखना उचित होगा। एक पीढ़ी पूर्व महारानी सत्यवती के कौमार्य अवस्था में ही ऋषि पराशर से जन्मे कृष्ण द्वैपायन को राजघराने में मान्यता मिल गई थी किन्तु उससे अगली पीढ़ी में ही कुंती ने जब कौमार्यावस्था में कर्ण को जन्म दिया, तो उसे अवैध मानकर नदी में प्रवाहित कर दिया गया था। बालक सहित जब वह मंजूषा सारथी को मिली तो उसने कर्ण का लालन-पालन किया और सूतपुत्र माने जाने के कारण कर्ण को आजीवन लांछन सहने पड़े। ऐसे अनुदार होते सामाजिक मूल्यों के समय विदुर ने पांडवों को राजकुल का सदस्य बनाया, युधिष्ठिर को युवराज बनवाया और कुरु राज्य में दो युवराज-युधिष्ठिर तथा दुर्योधन-होने पर उत्पन्न विकट स्थिति को सम्भालने की भी चेष्टा की।

वे आदि से अंत तक कुरु राज्य के प्रति निष्ठावान् रहे, किन्तु इसके साथ ही सदैव निर्भीक होकर धर्म का पक्ष लेते रहे। उनकी धर्मपरायणता का इससे बड़ा प्रमाण क्या हो सकता है कि युद्ध टालने का अन्तिम प्रयास करने के लिए पांडवों के दूत बनकर आए यादव नरेश श्रीकृष्ण ने कुरु राजमहल का आतिथ्य

स्वीकार न करके विदुर के यहां (एक दासीपुत्र के घर) ठहरना उचित समझा। इसीलिए वे महात्मा विदुर माने जाते हैं।

इस प्रकार कुरु राजघराने की समस्याओं के अंगस्वरूप महात्मा विदुर का जन्म हुआ और आजीवन कुरु राजघराने की समस्याओं को धर्मनीति के अनुसार सुलझाने का प्रयास करते रहे। जब नेत्रहीन धृतराष्ट्र पुत्रमोह में ज्ञानांध भी हो गये, गांधारी भी पुत्रमोह के वश में दुर्योधन के शरीर को वज्रसम बनाने के लिए अपनी आंखों पर बंधी पट्टी खोल देती है, दुर्योधन अपनी मूढ़मति और अभिमान के वशीभूत होकर पांडवों को अधिकार-वंचित करने पर तुला हुआ है और कर्ण जैसे महाबली तथा भीष्म पितामह सरीखे धर्मज्ञ अपनी-अपनी प्रतिज्ञाओं की डोर में बंधे दुर्योधन के पक्ष में ही खड़े रहते है, द्रोणाचार्य अपने अपमान का शूल राजा द्रुपद की पांडवों के हाथ पराजय होने के बाद भी अपने हृदय में गड़ा अनुभव करने के कारण कौरवों के साथ थे, तब युद्ध की विभीषिका को कौन टाल सकता था। अवश्यंभावी घटित हुआ ही और विदुर की कुरु परिवार को बचाने की सभी चेष्टाएं व्यर्थ हो गईं तो स्वभावतः उनको राजनीति से उपराम हो ही जाना चाहिए था।

इस प्रकार विदुर ने आजीवन धर्मशास्त्र (दूसरे शब्दों में नीतिशास्त्र) का पालन किया। महाभारत में अनेक नीति शास्त्रकारों की नीतियों का संग्रह है और चारों वर्गों के कर्त्तव्यों और राजनीति का सविस्तार वर्णन है। इनमें स्वाध्यायरत नारद, कूटनीतिज्ञ कणिक और महात्मा विदुर के नीतिशास्त्र प्रसिद्ध हैं। इनमें भी महात्मा विदुर का धृतराष्ट्र को किया गया उपदेश अत्यन्त मार्मिक और अनूठा है। उनकी नीति में राजनीति के मूल तथा गहन तत्त्वों का वर्णन एवं विवेचन तो है ही, साथ ही साथ चरित्र का उत्थान करने वाले नैतिक उपदेशों का भी प्रवचन है। सामाजिक मूल्यों के ह्रास की दृष्टि से आज के संदर्भों में विदुर-नीति की अत्यधिक प्रासंगिकता है।

विदुर के सूत्र-कथनों की व्याख्या

देवः दो प्रकार के होते हैं : चेतन देव और जड़ देव। चेतन देव ब्राह्मण, संन्यासी, आचार्य और अतिथि आदि होते हैं। और जड़ देव वायु, अग्नि, जल, पृथ्वी आदि। चेतन देवों का सत्कार सेवा द्वारा और जड़ देवों का यज्ञ के द्वारा किया जाता है।

मन्यु : आंतरिक आक्रोश मन्यु कहलाता है जो क्रोध से भिन्न है। मन्यु में मनुष्य आवेग के कारण आपे से बाहर नहीं होता और हानि-लाभ का विचार करके आवेश को पी जाने में समर्थ होता है। इसीलिए मन्यु की गणना गुणों में और क्रोध की गणना अवगुणों में की गई है क्योंकि क्रोध में व्यक्ति आपा खो बैठता है, विचार करने की मति ही नष्ट हो जाती है।

उद्भिज : वनस्पति शास्त्र के अनुसार उद्भिज चार प्रकार के होते हैं। : (1) वनस्पति, जिनमें केवल फल लगते हों, फूल न आते हों जैसे गूलर; (2) वृक्ष, जिनमें फूल और फल दोनों आते हों जैसे आम; (3) औषधि, जिनका फल पकने के बाद नाश हो जाए; और (4) वीरुध, लताएं और झाड़ियां आदि।

दैव : सामान्य रूप से इसका अर्थ भाग्य किया जाता है। वैसे दैव का अर्थ है देवों का समूह। पहले किये हुए कर्म विविध प्रकार के और अनेक होते हैं, जिन्हें समूह रूप में दैव कहा गया है, जो कर्म-फल भुगवाने के लिए भमि (स्थितियों) का निर्माण करता है।

पुरुषार्थ : पूर्व में किये कर्मों से भिन्न, नये कर्मों को उत्पन्न करना पुरुषार्थ है जो भावी दैव का निष्पादक होता है।

व्रात्य : ऐसा व्यक्ति जिसका समय पर उपनयन संस्कार न हुआ हो। समाज में ऐसे व्यक्ति को पतित गिना गया है।

विवाह : धर्मशास्त्रों में आठ प्रकार के विवाह माने गये हैं : (1) ब्राह्म, (2) दैव, (3) आर्ष, (4) प्रजापत्य, (5) असुर, (6) गांधर्व, (7) राक्षस और (8) पैशाच। इनमें पहले चार श्रेष्ठ और बाद के चार अधम विवाह माने गये हैं। लेकिन वैसे भी ये विवाह क्रमशः घटिया होते माने गये हैं। सर्वोत्तम विवाह ब्राह्म और सबसे अधम पैशाच प्रकार का विवाह है।

सम्पत्ति ः दो नामों से जानी जाती है : लक्ष्मी और श्री। **लक्ष्मी,** ऐसा धन जिसे धनी (सेठ) न स्वयं भोग करता है और न कुटुम्बियों को भोग करने देता है। **श्री,** ऐसी सम्पत्ति जो दीन-दुखियों तथा संसार के कल्याण के लिए प्रयोग की जाती है।

वृंत : वह स्थान जहां फल डाली से सम्बद्ध होता है।

सर एवं सरसी : सर का अर्थ है छोटे तालाब और सरसी का तात्पर्य बड़े-बड़े तालाब।

आततायी : 6 प्रकार के होते हैं -घरों को जला देने वाले, विष देने वाले, मार डालने के लिए हाथ में शस्त्र उठाये हुए लोग, धन चुराने या लूटने वाले, खेतों से चोरी करने (लूटने) वाले और भार्या का अपहरण करने वाले।

चिकित्सा : पांच प्रकार से की जाती है : (1) औषध चिकित्सा, जड़ी-बूटियों से; (2) यज्ञीय चिकित्सा, यज्ञों द्वारा विविध रोगों की शान्ति (इसे दैवी चिकित्सा भी कहते हैं); (3) मानसिक चिकित्सा, स्वस्ति-वाचन (कल्याण कामना और आशीर्वाद) से मानसिक बल प्रदान करके, जिससे रोगी को स्वस्थ होने में मदद मिले; (4) आथर्व मंत्र चिकित्सा, अथर्ववेद के मंत्रों द्वारा मन पर प्रभाव डालकर रोगों को दूर करना (आजकल इसका रूप जादू-टोना हो गया है) और (5) अगदा चिकित्सा, पारद सिद्ध रसों से चिकित्सा।

मधुपर्क : दही में उतना शहद जिससे दही पर्याप्त मीठा हो जाए, मिलाने से मधुपर्क बनता है। प्राचीन काल में अभ्यागत व्यक्ति के स्वागत में (हाथ-मुंह-पैर धुलाकर) मधुपर्क भेंट किया जाता था और जाते समय गाय भेंट में दी जाती थी।

मधुपर्क के अधिकारी : मधुपर्क से स्वागत किये जाने के छः सज्जन ही अधिकारी माने गये हैं–स्नातक, आचार्य, पुरोहित, राजा, जामाता और श्रेष्ठ प्रिय सखा। ब्राह्मणों में भी वेदवेत्ता आचार्य अथवा पुरोहित ही अर्घ्य प्राप्त करने योग्य होता है।

राजनीति के षड्गुण : *(1) संधि*–शत्रु या मित्र राजा से आपसी सहायता के लिए वचन लेना या वचन देना; *(2) विग्रह*–शत्रु या अन्य अधर्मी (प्रजा-पीड़क) राजा से सम्बन्ध तोड़ना; *(3) यान*–शत्रु पर चढ़ाई के लिए अभियान करना; *(4) आसन*–जब अपना पक्ष निर्बल हो तो शत्रु के उकसाने पर भी तब तक चुप बैठे रहना जब तक उसका मुकाबला करने योग्य शक्ति संचित न हो जाए; *(5) द्वैधी भाव*–सेना को दो भागों में बांटकर हमला करना या सेना के एक भाग को समर्पण कराते हुए शत्रु के साथ मिलाना जिससे युद्ध के समय वह भाग भीतर से शत्रु को नष्ट करे और *(6) समाश्रय*–बलवान् राजा की शरण लेना।

उपवीत (उपनयन) : प्राचीन काल में उपवीत दुपट्टे के समान एक वस्त्र होता था। कर्म भेद से उपवीत धारण करने की तीन विधियां थीं : (1) मानुष कर्म (सभा या समाज में जाते समय) में उपवीत गले में डाला जाता था, जिसके दोनों छोर नीचे की ओर लटकते थे; (2) देव कर्म (यज्ञ में भाग लेते समय) में उपवीत को दाहिनी बगल से निकालकर बायें कंधे पर डाल लेते थे और (3) पितृकार्य (श्राद्ध) में उपवीत को बायीं बगल से निकालकर दाहिने कंधे पर डाल लेते थे। उपवीत सदैव ऊपर धारण किया जाता था और कोई कर्म न किये जाने की अवस्था में खूंटी पर टंगा रहता था। कालांतर में दुपट्टे के रूप इस उपवीत का स्थान तीन तार के धागे वाले यज्ञोपवीत ने ले लिया और यह ऊपर के स्थान पर कपड़ों के नीचे पहना जाने लगा। महाभारत के युद्ध प्रसंग में आया भी है कि भीष्म का शुक्ल यज्ञोपवीत दूर से चमकता था।

द्विज : जिसका यज्ञोपवीत हो चुका हो। यज्ञोपवीत संस्कार को दूसरा जन्म माना जाता है। मनु ने प्रत्येक द्विजाति के लिए चार वेदों का, दो वेदों का अथवा एक वेद का अध्ययन करना आवश्यक माना है।

पंच अग्नियां : याज्ञिक ग्रंथों के अनुसार पांच प्रकार की अग्नियां होती

हैं : (1) आहवनीय, (2) गार्हपत्य, (3) दक्षिणाग्नि, (4) आवसथ्य और (5) सभ्याग्नि। प्रथम तीन अग्नियों में नित्य नैमित्तिक श्रौत यज्ञ होते हैं। आवसथ्य (गृह्य या स्मार्त) अग्नि में गृहस्थ के संस्कार कर्म होते हैं और सभ्याग्नि उस स्थान पर होती है, जहां आचार्य अपने शिष्यों को अध्ययन कराता है। यह गुरु-शिष्य के मध्य स्थापित होती है। इस अग्नि को साक्षी बनाकर गुरु अपने अध्ययन किये शास्त्र का यथार्थ रूप में (गुह्य तत्त्वों को न छिपाते हुए) अध्ययन कराता है।

श्रौत यज्ञ : तीन भेद होते हैं : (1) नित्य, (2) नैमित्तिक और (3) काम्य। इनमें से नित्य यज्ञ ही प्रधान हैं जो निष्काम भाव से किये जाते हैं।

विदुर-नीति

भावार्थ

धृतराष्ट्र-विदुर संवाद

जुए में सब कुछ हार जाने पर पांडव 12 वर्षों के वनवास और एक वर्ष के अज्ञातवास के बाद जब विराट् नगर में प्रकट हुए तो भावी कार्यक्रम पर विचार आरम्भ हुआ। पांडवों के दूत के आने पर उसे जो उत्तर मिला, उसको देखते हुए महाराज धृतराष्ट्र ने दुर्योधन की हठवादिता और पांडवों की शक्ति एवं पराक्रम का अनुमान लगाकर संजय को दूत बनाकर विराट् नगर भेजा। वहां से लौटने पर संजय ने महाराज धृतराष्ट्र को बताया कि 'पांडव धर्मपूर्वक ही अपना राज्य चाहते हैं। यदि उन्हें उनका उचित भाग नहीं दिया गया तो विश्व में भारी अनर्थ हो जाएगा। यात्रा में थक जाने के कारण विशेष विवरण कल सभा में ही दूंगा।'

सभा में सबके सामने संजय क्या कुछ कह देगा, इस परेशानी और भावी महायुद्ध की भूमिका बनते देख धृतराष्ट्र बेचैन हो गये। उन्हें नींद ही नहीं आ रही थी। उस समय की व्यग्रता बताने और आगे के मार्ग-दर्शन या परामर्श के लिए उन्होंने महामंत्री विदुर को बुला भेजा और कहा कि 'राजर्षियों के इस वंश में बुद्धिमानों में तुम्हीं उत्कृष्ट माने गये हो। इसलिए हे विदुर, मैं तुम्हारे धर्म-युक्त और परम कल्याणकारी विचार सुनना चाहता हूं।' (धृतराष्ट्र के वंश में पुरूरवा, ययाति आदि मंत्रद्रष्टा ऋषि हुए हैं, इसलिए उन्होंने राजर्षियों का वंश कहा और विदुर तथा धृतराष्ट्र के नियोग-पिता व्यास थे, इसलिए वे उन्हें अपने वंश का ही समझते थे।) ॥1/15॥

महात्मा विदुर धृतराष्ट्र को समझाना आरम्भ करते हुए कहते हैं कि 'बलहीन और साधनहीन को, बलवान् से लड़ने वाले को, जिसका धन हरण कर लिया गया हो उसको, कामी को और चोर को निद्रा नहीं आती। हे राजन्, आप तो इनमें से किसी महादोष से पीड़ित नहीं हैं? क्या दूसरों के ऐश्वर्य की लालसा तो आपके हृदय को पीड़ित किये हुए नहीं

है?' (अर्थात् कहीं आप पराये के लालच के कारण तो संतप्त नहीं हो रहे?) ॥1/13-14॥

हे धृतराष्ट्र! जो युधिष्ठिर राजा के उन सभी लक्षणों वाला था, जो गुण तीनों लोकों के स्वामी होने की क्षमता वाले में होने चाहिए आपको विशेष प्रिय होना चाहिए था, उस युधिष्ठिर को तो आपने वनवास दे दिया। इसके विपरीत आप स्वयं राजलक्षणों से हीन हो। आप धर्मात्मा और धर्म के ज्ञाता होते हुए भी राज्य के अधिकारी नहीं हो क्योंकि नेत्र-रश्मि से हीन होने के कारण राजा बनने योग्य नहीं हो ॥ 1/16-17॥

इसके आगे विदुर ने धृतराष्ट्र को अनेक प्रकार का नीति-उपदेश किया जो आगे दिया गया है।

महात्मा विदुर के नीति-उपदेश के बाद धृतराष्ट्र कहते हैं कि पांडवों के प्रति मेरी भी सदा यही मति होती है कि उनका राज्य उन्हें लौटा दूं। परंतु दुर्योधन के पास पहुंचकर मेरी मति पुनः बदल जाती है। भाग्य को बदलने में कोई प्राणी समर्थ नहीं है। मैं भाग्य को ही बलवान् मानता हूं, पुरुषार्थ तो निरर्थक है॥ 8/31-32॥

इस प्रकार धृतराष्ट्र ने भाग्य का सहारा लेकर (और पुरुषार्थ को नगण्य बताकर) विदुर के नीति-वचनों पर आचरण करने से इनकार कर दिया। इसका परिणाम जो अवश्यंभावी था-युद्ध का होना-वह अंततः हुआ ही जिसमें न केवल समस्त आर्यावर्त्त के श्रेष्ठ योद्धा (विशाल सैनिक बल) महारथी ही मारे गये, धृतराष्ट्र के सभी पुत्र भी मारे गये और अंततः धर्मपरायण पांडव विजयी हुए।

अध्यात्म ज्ञान

हे भरत श्रेष्ठ धृतराष्ट्र! यह आत्मा नदी रूप है और पुण्य-कर्मरूपी इसके घाट हैं। इस नदी में सत्यरूपी जल है, धैर्यरूपी किनारे हैं और दयारूपी लहरें हैं। ऐसी आत्मारूपी नदी में स्नान करने वाला पुण्य कर्मों वाला व्यक्ति पवित्र हो जाता है। लोभरहित और वैराग्य ज्ञान युक्त आत्मा ही पुण्यशील होता है ॥ 8/21 ॥

हे राजन्! आत्मनदी के अलावा संसाररूपी भी नदी है जिसमें पांच इन्द्रियों के विषयों का जल भरा है और इसमें काम-क्रोधरूपी मगरमच्छ निवास करते हैं। इस नदी में धैर्य को नौका बनाकर जलरूपी दुर्गों (जीवन के संघर्षों) को पार करो ॥ 8/22 ॥

हे राजन्! संसार में धर्म ही सदा रहने वाला (नित्य) है और सुख-दुःख तो आने-जाने वाले (अनित्य) हैं। जीव भी नित्य है परंतु इसके साधन (शरीर आदि) अनित्य हैं। तुम अनित्य को छोड़कर नित्य (अर्थात् धर्म) में सन्तुष्ट होकर रहो क्योंकि संतोष में ही परम लाभ है ॥ 8/23 ॥

हे धृतराष्ट्र! तुम उन चक्रवर्ती महाबली राजाओं के जीवन पर दृष्टिपात करो जो धन-धान्य से पूर्ण पृथ्वी पर शासन करके भी अंत में राज्य और विपुल भोगों को छोड़कर मृत्यु के मुख में चले गये। इसी प्रकार तुम्हें भी सारे राजवैभव को छोड़कर एक दिन जाना होगा। तब थोड़े समय के लिए अनित्य सुखों की खातिर धर्म का क्यों परित्याग कर रहे हो? ॥ 8/14 ॥

इस मनुष्य लोक के ऊपर (देवयोनियों) और इससे नीचे (पशुयोनियों में) गहन अंधकार है। वह इन्द्रियों के ज्ञान को समाप्त करने वाला है। (देवयोनि में अधिक सुख-ऐश्वर्य की मत्तता से कार्य-अकार्य का ज्ञान नष्ट हो जाता है और पशुयोनियों में शुभ कर्म करने की शक्ति ही जाती रहती है।) इस बात

को आप भली-भांति जानो-समझो और तुम इस अंधकार में न फंसने पाओ, इसका प्रयत्न करो ॥8/19॥

हे राजन्! पुरुष के शरीर को रथ समझना चाहिए, आत्मा इसका सारथी और इन्द्रियां घोड़े हैं। इनको वश में करके कुशल व्यक्ति उसी प्रकार अपना लक्ष्य प्राप्त कर लेते हैं जैसे धीर रथवान् भली-भांति नियन्त्रित उत्तम घोड़ों पर सवार सुखपूर्वक अपने गन्तव्य पर पहुंचता है ॥ 2/59 ॥

मन, बुद्धि और इन्द्रियों को वश में करके व्यक्ति अपनी आत्मा को पहचाने, क्योंकि आत्मा ही अपना मित्र और शत्रु दोनों है। (और लोग तो न सहायक हैं, न शत्रु।) जो स्व-अधीन है (इन्द्रियों के वश में नहीं है) उसका आत्मा ही सहायक है और जिसने अपने को नहीं जीता, वह स्वयं अपना ही शत्रु है ॥ 2/64-65 ॥

जीवन्मुक्त महापुरुष (फल की कामना को छोड़कर) दानरूपी पुण्य भी करते हैं और ज्ञानरूपी श्रेष्ठ कर्म भी करते हैं, किन्तु इनका आश्रय न लेते हुए राग-द्वेष से मुक्त हुए संसार में विचरण करते हैं। (अर्थात् जीवन्मुक्त महापुरुष मोक्ष का अधिकारी होकर भी कर्म करता रहता है।) ॥ 4/53 ॥

जो व्यक्ति नौ द्वारों (दो आंख, दो कान, दो नासा-छिद्र, एक मुख और दो मल-मूत्र के द्वार) और तीन खम्भों (सत्व, रजस् और तमस् अथवा वात, पित्त, कफ) वाले और पांच साक्षियों (पांच ज्ञानेन्द्रियों जिनसे शब्द, स्पर्श, रूप, रस और गंध का ग्रहण होता है) वाले इस शरीररूपी गृह को, जिसमें जीवात्मा का निवास है, भली-भांति जानता है, वही श्रेष्ठ ज्ञानी अर्थात् ब्रह्मविद् है ॥ 1/105 ॥

विशेष : कठोपनिषद् में शरीर को ग्यारह द्वारों वाला कहा गया है जिसमें वागिन्द्रिय को दसवां और मस्तिष्क में ब्रह्म रंध्र को ग्यारहवां द्वार कहा है। श्री शंकराचार्य नाभि को दसवां द्वार मानते हैं।

सत्य के द्वारा धर्म की रक्षा होती है, विद्या की रक्षा लगातार अभ्यास से

होती है, सौन्दर्य की रक्षा सफाई (शुद्धता) से होती हैं और कुल की रक्षा उत्तम आचरण से होती है ॥2/39 ॥

हे राजन्! समुद्र के पार जाने के लिए नौका ही एकमात्र साधन है, उसी प्रकार स्वर्ग जाने (भवसागर के पार जाने) के लिए एकमात्र अद्वितीय साधन सत्य (सत्य स्वरूप परमेश्वर) है (अर्थात् ब्रह्मज्ञान से ही मोक्ष प्राप्त किया जा सकता है)। परंतु आप इस बात को समझ नहीं रहे हैं ॥ 1/52 ॥

जो कार्य सभी प्राणियों का भला करने वाले हैं और स्वयं अपने लिए भी सुखकारी हैं, ऐसे कर्म ईश्वर के अर्पण करने के भाव से करें, इसी से (धर्म-अर्थ-काम-मोक्षरूपी) चारों पुरुषार्थों की सिद्धि होती है ॥ 5/40 ॥

जो व्यक्ति धर्म, अर्थ, काम (जो विरोधी दिखने पर भी पूरक हैं) का यथासमय (समयानुसार) सेवन करता है, वह इस लोक में और परलोक में भी धर्म, अर्थ एवं काम के संयोग को प्राप्त करता है ॥5/50 ॥

जिस व्यक्ति की आत्मा (या चित्त) पापकर्म छोड़ चुकी है और धर्म (शुभ कर्म) में जुट गयी है, उसने प्रकृति और विकृति रूप समस्त संसार को जान लिया समझना चाहिए ॥5/49 ॥

जो व्यक्ति (धर्म, अर्थ, काम, मोक्ष के रूप में) उत्कृष्ट अर्थसिद्धि चाहता है, उसे चाहिए कि वह पहले धर्म के मार्ग पर चले क्योंकि धर्म से अर्थ उसी तरह अलग नहीं किया जा सकता, जिस प्रकार स्वर्ग से अमृत पृथक् नहीं होता ॥ 5/48 ॥

जो क्रोध नहीं करता; मिट्टी, पत्थर और सोने को जो एक समान समझता है; जो शोक नहीं करता, जो मेल तथा झगड़े (स्नेह एवं वैर) से रहित है, निन्दा और प्रशंसा में समभाव वाला है (दोनों से ऊपर उठा हुआ है) और जो प्रिय और अप्रिय दोनों को त्यागने वाला है, ऐसा उदासीन के समान संन्यासी अत्यन्त महान पुण्यात्मा है ॥ 6/6 ॥

हे भ्रातः! मैं तुम्हें सबसे बढ़कर, अत्यन्त महत्त्व की और उत्तम पद प्राप्त कराने वाली बात कहता हूं कि व्यक्ति को भय, काम और लोभ के वशीभूत होकर और प्राणों की रक्षा के लिए भी धर्म का परित्याग नहीं करना चाहिए ॥ 7/12 ॥

भली-भांति अध्ययन करने, कुशलता से युद्ध करने, भली प्रकार कर्म करने और कठोर तप करने के पश्चात् ही मनुष्य को इनके फलस्वरूप सुख प्राप्त होता है ॥ 4/54 ॥

जंगली चावल, गाजर-मूली जैसे जड़ वाली वस्तुओं, इंगुदी फल (=हिंगोट-एक प्रकार का वृक्ष जिसके तेल से वन में रहने वाले दीपक जलाते थे) और शाक पर निर्वाह करने वाला, जितेन्द्रिय, यज्ञ कार्यों में जुटा रहने वाला, अतिथि सेवा में सदा तत्पर रहने वाला और वन में निवास करने वाला तपस्वी भी महान् पुण्यात्मा है ॥ 6/7 ॥

एक (=बुद्धि) से दो (=कर्त्तव्य-अकर्त्तव्य) का निश्चय करके तीन (यानी मित्र, उदासीन और शत्रु) को चार (अर्थात् साम, दान, दंड और भेद) उपायों से वश में करो। पांच (अर्थात् इन्द्रियों को जीतकर) छः (अथवा संधि, लड़ाई, शत्रु पर आक्रमण, चुप बैठे रहने, सेना को दो भागों में बांटकर शत्रु को दुविधा में डालने और संश्रय यानी बलहीन् होने पर बलवान् का आश्रय) का स्वरूप जानना चाहिए। सात बुरे कार्यों (परस्त्री गमन, जुआ खेलना, शिकार करना, मद्यपान, कठोर भाषण, बिना दोष के बड़ा दंड देना, धन को दूषित कार्यों में खर्च करना) को छोड़कर सुखी होइए।

इस कूट श्लोक की आध्यात्मिक व्याख्या भी की गई है कि 'एक परमार्थ बुद्धि के द्वारा दो–जीवात्मा एवं परमात्मा का निश्चयात्मक ज्ञान प्राप्त करना चाहिए; काम, क्रोध और मोह इन तीन को चार (यानी शम, दम, उपरम और श्रद्धा) के द्वारा वश में करना चाहिए। पांच ज्ञानेन्द्रियों को जीतकर छः (अर्थात् खाने की इच्छा, पीने की इच्छा, शोक, मोह, बुढ़ापा और मृत्यु) को जानना चाहिए और सात (यानी पांचों इन्द्रियों, मन एवं बुद्धि के विषयों) को छोड़कर सुखी होना चाहिए ॥ 1/49 ॥

हे राजन्! मनुष्य अत्यन्त दुःख उठाकर पाले-पोसे अपने मरे हुए पुत्र को उठाकर घर से बाहर ले जाते हैं। घर की औरतें केश खोले उसके लिए करुण विलाप करती हैं और बंधु-बांधव उसे चिता पर ऐसे रख देते हैं, मानो लकड़ियां चिन रहे हों। मरे हुए व्यक्ति के धन का दूसरा उत्तराधिकारी भोग करता है।

उसके मृत शरीर के मांस आदि धातुओं को जंगल में छोड़ देने पर पक्षी और चिता में रखने पर अग्नि खाती है। मरा हुआ व्यक्ति तो केवल पाप और पुण्य (इन दोनों के साथ ही) लिपटा हुआ परलोक जाता है। अर्थात् (मृत्यु के बाद) सब ऐहिक सुख-भोग यहीं छूट जाते हैं ॥8/15-16॥

हे भाई! सगे-सम्बन्धी, माता-पिता, भाई-पुत्र और स्त्री मृतक व्यक्ति को (जंगल में) छोड़कर (या जलाकर) उसी प्रकार वापस आ जाते हैं, जैसे पक्षी फल और पुष्परहित वृक्षों को छोड़कर चले जाते हैं॥ 8/17॥

मरने के बाद, शरीर के अग्नि में जलकर राख हो जाने पर उसका स्वयं का किया हुआ धर्म या अधर्म रूप कर्म ही उसके साथ जाता है। इसलिए व्यक्ति को चाहिए कि वह यत्नपूर्वक धीरे-धीरे धर्म का संचय करता चले। (धर्म सहसा एक साथ इकट्ठा नहीं किया जा सकता। वह तो दीमक के घर की भांति कण-कण करके ही जमा किया जा सकता है।) ॥ 8/18॥

उत्तम कर्म

केवल धर्म ही परम कल्याणकारक (मोक्षदायक) है। क्षमा ही शांति का एकमात्र सर्वश्रेष्ठ उपाय है। अकेली विद्या ही परम संतोष देने वाली है (क्षमावान् व्यक्ति सदैव शांत रहता है और विद्यावान् सदा सन्तुष्ट)। एकमात्र अहिंसा ही सुख देने वाली है॥ 1/57॥

क्षमाशील पुरुषों में एक ही दोष होता है, कोई दूसरा दोष नहीं होता। उनका दोष यही होता है कि सामान्य लोग क्षमाशील व्यक्ति को असमर्थ समझने लगते हैं। अर्थात् क्षमा के बल को कमजोरी नहीं समझना चाहिए॥ 1/53॥

क्षमा को दोष नहीं समझना चाहिए, क्षमा तो परम बल है। यह निर्बलों का गुण है और बलवानों का भूषण है॥ 1/54॥

क्षमा का गुण सबको वश में कर लेता है। इससे क्या सिद्ध (प्राप्त) नहीं किया जा सकता? जिसके हाथ में क्षमा की तलवार है, दुर्जन उसका कुछ नहीं बिगाड़ सकता॥1/55॥

जब आग सूखी जगह में पड़ी हो तो अपने-आप बुझ जाती है (क्योंकि उसे जलाने को कुछ नहीं मिलता) उसी प्रकार क्षमावान् पुरुष को वैरी भी कुछ हानि नहीं पहुंचा सकता। इसके विपरीत अक्षमावान् व्यक्ति खुद अपनी ही असहनशीलता से अपने को ही बड़े कष्टों में डाल लेता है॥ 1/56॥

हे राजन्! दो प्रकार के व्यक्ति निश्चित रूप से स्वर्ग के समान सुख प्राप्त करते हैं–पहला वह जो समर्थ एवं बलवान होकर भी क्षमा करता है और दूसरा वह जो निर्धन होकर भी दान करता है॥ 1/63 ॥

किसी को भी कठोर वचन न बोलना और दुष्टों को आदर-सम्मान न

देना-ये दो कर्म जो व्यक्ति करता है, वह इस संसार में यश और गौरव पाता है॥1/59॥

यज्ञ, दान, अध्ययन और तप ये चार गुण सत्पुरुषों से नित्य जुड़े रहते हैं (ये गुण सज्जनों के साथ चलते हैं अर्थात् उनमें अवश्य रहते हैं) किन्तु दम, सत्य, सहजता और दया इन चार गुणों को सज्जन प्रयत्नपूर्वक अपनाते हैं॥ 3/56॥

यज्ञ, अध्ययन, दान, तप, सत्य-भाषण, क्षमा, दया और लोभ-त्याग- आठ प्रकार का धर्म का मार्ग बताया गया है। इनमें से पहले चार (यज्ञ, अध्ययन, दान, तप) को दुर्जन लोग दिखावे के लिए भी अपनाते हैं किन्तु अगले चार गुण (सत्य, क्षमा, दया और लोभ-त्याग) दुर्जनों में कभी नहीं रहते॥ 3/57-58॥

हे पुरुषश्रेष्ठ! संसार में दो प्रकार के मनुष्य सूर्य-मण्डल को भेदकर ऊर्ध्वगति (मोक्ष) प्राप्त करते हैं : (1) योगाभ्यास में लगा संन्यासी और (2) युद्ध में शत्रु के सम्मुख (पीठ दिखाकर न भागने वाला) मारा गया योद्धा॥ 1/66॥

जो व्यक्ति बुद्धिमान लोगों से ज्ञान प्राप्त करता है, वह विद्वान् होता है। विद्वान् पुरुष धर्म एवं अर्थ (अभ्युदय एवं निःश्रेयस्, लौकिक तथा पारलौकिक) दोनों प्रकार के सुखों को बढ़ा पाता है॥ 3/67॥

छेदने और तपाने से सोने के खरे-खोटे होने की पहचान होती है, सदाचार से मनुष्य के भले-बुरे की, बर्ताव से सज्जनता की, भय की स्थिति आने पर शूर या कायर की और अर्थ-संकट आने पर धीर की तथा घोर आपत्ति में कौन मित्र है, कौन शत्रु, इसकी पहचान होती है॥ 3/50॥

उत्तम कर्मों से धन-सम्पत्ति प्राप्त होती है, चतुरतापूर्वक कर्म करने से वह बढ़ती है, उचित समय पर कार्य कर डालने से उसकी जड़ जमती है और संयम से (विवेकपूर्वक तथा इन्द्रियों को वश में रखने से) सम्पत्ति स्थिर रहती है अर्थात् लक्ष्मी पाकर पागल हुए बिना संयम से सद्बुद्धिपूर्वक व्यवहार करने से ही 'चंचला लक्ष्मी' स्थिर रहती है॥ 3/52॥

हे राजन्! दूरदर्शिनी बुद्धि, कुलीनता (अपने कुल की प्रतिष्ठा का ध्यान रखना), मन और इन्द्रियों को वश में रखना, ज्ञानवत्ता, पराक्रम, मितभाषी होना, शक्ति के अनुसार दान देना और उपकार के प्रति कृतज्ञ होना–ये आठ गुण व्यक्ति को कीर्ति दिलाने तथा उस कीर्ति को फैलाने वाले होते हैं ॥ 3/53 ॥

हे तात! प्रज्ञा, कुलीनता, इन्द्रिय-दमन, ज्ञान, पराक्रम, मित-भाषण, दानवृत्ति और कृतज्ञता इन तेज सम्पन्न गुणों से ऊपर जब राज-सत्कार का गुण भी प्राप्त हो जाता है तो यह राज-सत्कार सभी गुणों को चमका देता है। (अर्थात् जिनमें ये स्वाभाविक गुण न भी हों, उनमें भी ये गुण आ जाते हैं।) ॥ 3/54 ॥

हे राजन्! संसार में उक्त आठ गुण ऐसे हैं, जो स्वर्ग लोक का ज्ञान मनुष्य लोक में ही कराने वाले हैं। इनमें से प्रथम चार गुण ऐसे हैं जो सत्पुरुषों में तो रहते हैं, अन्यत्र भी दिख सकते हैं किन्तु शेष चार गुण ऐसे हैं, जिनको अच्छे लोग यत्नपूर्वक अर्जित करते हैं। (अर्थात् दुष्ट लोग इनसे दूर रहते हैं।) ॥ 3/55 ॥

एकता का बल

हे भरतकुलश्रेष्ठ धृतराष्ट्र! जैसे जलती हुई लकड़ियां अलग-अलग होने पर धुआं देती हैं, लेकिन इकट्ठी हो जाने पर धधककर जलने लगती हैं; उसी प्रकार सम्बन्धी जन जब अलग-अलग रहते हैं तो द्वेष की अग्नि से धुंधुआते रहते हैं लेकिन जब इकट्ठे हो जाते हैं, तो शत्रु के लिए प्रचण्ड अग्नि बन जाते हैं। (अर्थात् आपके भ्रातृपुत्र पांडवों के साथ मेल-जोल से ही सबका कल्याण है।) ॥ 4/60 ॥

हे धृतराष्ट्र! जिस प्रकार पका हुआ फल डाली से अलग होकर गिर पड़ता है, उसी प्रकार जो व्यक्ति ब्राह्मणों, स्त्रियों, (युद्ध की इच्छा न करने वाले) सम्बन्धियों और गौओं पर ही अपनी शूर-वीरता प्रकट करते हैं, वे नष्ट हो जाते हैं ॥ 4/61 ॥

अकेले स्थान में उगे हुए मजबूत, बड़े और गहरी जड़ों वाले वृक्ष को तो आंधी (पत्तों-डालियों तथा तने समेत) उखाड़ फेंकती है परन्तु जो पेड़ इकट्ठे समूह रूप में मजबूती से खड़े होते हैं, वे तेज आंधियों को भी एक-दूसरे की सहायता से सहन कर लेते हैं ॥ 4/62-63 ॥

अनेक गुणों वाले (बलवान्) व्यक्ति को शत्रु उसी प्रकार नष्ट कर सकने योग्य समझते हैं, जैसे अकेले खड़े मजबूत वृक्ष को आंधी नष्ट कर देती है। परन्तु एक-दूसरे के सहारे और सहयोग से सम्बन्धी जन उसी प्रकार बढ़ते हैं, जैसे तालाब में कमल ॥ 4/64-65 ॥

कर्त्तव्य-अकर्त्तव्य

इस कार्य के करने से मुझे क्या लाभ होगा अथवा न करने से क्या हानि होगी, यह सब सोच-विचारकर व्यक्ति को निश्चय करना चाहिए कि वह किस कर्म को करे या किस कर्म को न करे॥ 2/19॥

किसी प्रयोजन से किये जाने वाले कार्य को करने से पहले उसके प्रयोजन के विषय में सोच-समझ लें। अपेक्षित उद्देश्य किन उपायों से पूरा हो सकता है, उस पर अच्छी तरह सोच-विचार करके ही काम की शुरुआत करें। जल्दबाजी में बिना विचारे कोई कार्य न करें। धैर्यवान् व्यक्ति को पहले कर्म के प्रयोजन और फिर उसके फल पर भली-भांति विचार कर ही यत्न करना चाहिए तभी यह निश्चय करना चाहिए कि वह कार्य करे या न करे॥ 2/8-9॥

हे भरतकुलोत्पन्न धृतराष्ट्र! छलयुक्त जुआ आदि और (अन्यायपूर्ण युद्ध आदि) असद् उपायों से किये गये कार्यों में (जिनका फल दुःखरूप हो) मन मत लगाओ। उसी प्रकार अच्छे उपायों से प्रयत्न करके किया गया कार्य भी सफल न होने पर मन को बुद्धिमान् व्यक्ति दुःखी नहीं करते। (अर्थात् हीन साधनों से सिद्धि-प्राप्ति की इच्छा मत करो) ॥ 2/6-7॥

अपने गुरुजनों से (आगे वर्णित) कर्त्तव्य-कर्म सुने-धृति (धैर्य अर्थात् आपत्ति-विपत्ति में फंसकर दुःख की अवस्था में भी धर्म मार्ग से विचलित न होना), शम (मन की शान्ति) और सत्य-धर्म (ब्रह्म-प्राप्ति के साधनों का निरन्तर अभ्यास) तथा इनके द्वारा हृदय की अज्ञान-अविद्याजन्य संशयरूपी गांठ को पूर्णतया खोलकर मित्र और शत्रु सभी के साथ अपने समान ही बर्ताव करे॥ 4/4॥

मनुष्य, जिसकी पराजय अथवा हानि नहीं चाहता हो, उसके प्रति उसका कर्त्तव्य है कि उसे बिना पूछे भी, अच्छी या बुरी तथा कल्याणकारी अथवा हानि पहुंचाने वाली बात–जैसी भी हो, वह सब बता दे॥ 2/4॥

मनुष्य को चाहिए कि दूसरे भला-बुरा कहें या पीड़ा दें, तब भी दूसरों को भला-बुरा न कहे या उन्हें पीड़ित न करे। इस प्रकार सहा गया आंतरिक आक्रोश (मन्यु) भला-बुरा कहने या पीड़ा देने वाले को जला डालता है। सहनशील व्यक्ति इस प्रकार भला-बुरा कहने वाले के पुण्य को खींच लेता है अर्थात् गाली देने वाले के पुण्य कर्म नष्ट हो जाते हैं। ॥4/5॥

मनुष्य दूसरों को भला-बुरा न कहे, दूसरों का अपमान न करे, मित्रद्रोही न बने और न नीचों की सेवा एवं संगति करे; अभिमान करने वाला न हो; रूखी, कठोर तथा दूसरों को कष्ट पहुंचाने वाली वाणी न बोले, ऐसी वाणी त्याग दे॥ 4/6॥

शास्त्रानुकूल किया गया अग्निहोत्र, परिमाण से युक्त मौन परिमाणानुसार अध्ययन और परिमाणयुक्त यज्ञ-ये चार कर्म अभय देने वाले हैं। किन्तु यदि ये कर्म शास्त्र-विपरीत किये जायें तो भयप्रद बन जाते हैं। (अर्थात् मान, दम्भ या दिखावे के लिए किये गये ये सब कर्म अनर्थकारी भी बन जाते हैं)॥ 1/78॥

(राष्ट्र-नायक या परिवार-प्रमुख) अकेला भी जो पाप (अनिष्ट कार्य या पाप की कमाई) करता है, उसका फल सभी (पूरे राष्ट्र या परिवार) को भोगना पड़ता है। ये भोगने वाले (या उपभोग करने वाले) तो दोष से छूट भी जाते हैं, किन्तु उस पापकर्त्ता को पापों से छुटकारा नहीं मिलता। अन्याय से उपार्जित धन परिवार अथवा राष्ट्र को ले डूबता है॥ 1/47॥

अपना कल्याण चाहने वाले व्यक्ति को ऐसा पदार्थ ही खाना चाहिए जो निगला (खाया) जा सके, खाने पर पच सके और पचने पर (परिणाम) हितकारी हो॥ 2/14॥

भली-भांति संभालकर रखने से अन्न की रक्षा होती है, बराबर कर्त्तव्य-

प्रशिक्षण देते रहने से घोड़ों की रक्षा होती है, लगातार ध्यान रखने (प्यार करने-सहलाने) से गौओं की रक्षा होती है। इसी प्रकार स्त्रियों की गंदे वस्त्रों से रक्षा की जानी चाहिए। (उन्हें स्वच्छ-सात्त्विक वस्त्र पहनने चाहिए) ॥ 2/40 ॥

वेद और ब्रह्म को जानने वाले ब्राह्मण, गौओं, सम्बन्धीजनों, बालकों, स्त्रियों, जिनका अन्न खाते हैं (जो रक्षक-पालक हों) उन्हें तथा शरण में आये व्यक्ति को नहीं मारना चाहिए। (अर्थात् ये वध करने योग्य नहीं हैं) ॥ 4/66 ॥

लोभ के वश होकर मछली खाने योग्य उत्तम वस्तु (आटे आदि) में छिपे हुए कांटे को भी निगल जाती है और उससे होने वाले बंधन को नहीं समझती (जिससे अंततः मारी जाती है।) इसी प्रकार आरम्भ में सुखदायी दिखने वाले कर्म के दुखदायी परिणाम पर भी विचार कर लेना चाहिए ॥ 2/13 ॥

छल-कपटपूर्ण व्यवहार करने वाले मायावी मनुष्य को वेद भी पापों के फल-भोग से बचा नहीं सकते। इसके विपरीत वेद भी ऐसे व्यक्ति को अंत समय में उसी प्रकार त्याग देते हैं, जैसे पंख निकल आने पर पक्षी घोंसलों को छोड़ दिया करते हैं ॥ 3/43 ॥

हे राजन्! भोग्य सामग्री, जन्मस्थान, रहने के घर, सेवा-भाव, भोजन और वस्त्र–इन सबसे व्यक्ति के कुल की परीक्षा करनी चाहिए ॥ 7/43 ॥

वेदों का प्रयोजन अग्निहोत्र आदि उत्तम कर्मों का आचरण करना है, शास्त्र (अध्ययन और श्रवण) का फल उत्तम शील और सदाचार का पालन करना है, पत्नी (नारी) का प्रयोजन सुख का उपभोग और सन्तान-उत्पत्ति और धन का प्रयोजन दान तथा उपभोग है ॥ 7/65 ॥

अच्छे लोगों को जो बुरे कर्म त्याग देने चाहिए वे हैं–शराब पीना, लड़ाई-झगड़ा करना, समुदाय से विरोध, पति-पत्नी में फूट डालना, सम्बन्धियों में झगड़ा करवाना, राजा से दुश्मनी करना और स्त्री-पुरुषों में विवाद तथा अत्यन्त दुष्ट मार्ग अपनाना। इस प्रकार जाति-भेद और कलह कराने वाले कर्म वर्जनीय हैं ॥ 3/44 ॥

दूसरों का घर बिना अपराध के ही जलाने वाला, विष देने वाला व्यभिचार से जीविका चलाने वाला, शराब बेचनें वाला, हथियार बनाने वाला, चुगलखोर, फलित ज्योतिषी, मित्रद्रोही, पर-स्त्रीगामी, गर्भ गिराने वाला, गुरु-पत्नीगामी, मद्य पीने वाला ब्राह्मण, महाक्रोधी, कौवे के समान मर्म कुरेदने वाला, नास्तिक, वेद-निंदक, उस्तरा लेकर घूमने वाला, पतित, पापभोजी और समर्थ होते हुए भी शरणागत की रक्षा न करके मारने वाला, ये सबके सब ब्रह्म-हत्यारे के समान समझे जाते हैं ॥ 3/47-49 ॥

सच बोलना, सौन्दर्य अथवा विनय-भाव, अध्ययन, विद्या, कुलीनता, शील (उत्तम स्वभाव), बल, धन, शूरता और युक्ति-युक्त वचन बोलने की सामर्थ्य, ये दस स्वर्ग (सुख) पाने की सीढ़ियां हैं ॥ 3/60 ॥

पापकर्म करता हुआ व्यक्ति कलंकित होकर पाप-फल को ही भोगता है और श्रेष्ठ कर्म करने वाला मनुष्य यशस्वी होकर पुण्यफल प्राप्त करता है। अतः उत्तम व्रत वाले पुरुष को कभी पापकर्म नहीं करने चाहिए क्योंकि बार-बार पापकर्म करने से बुद्धि नष्ट हो जाती है। फिर नष्ट बुद्धि वाला व्यक्ति सदा पापकर्मों में ही लीन रहता है। बार-बार किया हुआ पुण्यकर्म बुद्धि को बढ़ाता है और बढ़ी हुई बुद्धिवाला व्यक्ति सदा शुभकर्मों की ओर ही प्रवृत्त होता है। पुण्यकर्म करने वाला संसार में यशस्वी होकर उत्तम लोक या योनि को प्राप्त करता है (अर्थात् पद, गौरव, मान-सम्मान पाता है), इसलिए मनुष्य को एकाग्रचित्त होकर (संशय त्यागकर) सदा उत्तम कर्म ही करने चाहिए ॥ 3/61-64 ॥

जो व्यक्ति ब्राह्मणों की हिंसा करे, ब्राह्मणों से द्वेष करे और स्वयं खेती न करे अथवा दूसरों की खेती काट ले या नष्ट कर दे, उसे हमारी समिति (उस समय की संसद्) में जाने का अधिकार नहीं होवे ॥ 4/33 ॥

सावधान व्यक्ति को चाहिए कि विश्वास करके असमय में कभी किसी दूसरे (अविश्वस्त) व्यक्ति के घर न जाए, रात में छिपकर चौराहे पर न बैठे और राजा जिस स्त्री को ग्रहण करना चाहता हो, उसे पाने की इच्छा न करे ॥ 5/28 ॥

लोकापवाद के डर से अपराधियों को दंड न दे सकने वाले राजा, वेश्या, राजसेवक, पुत्र, भाई, छोटे बच्चों वाली विधवा, सैनिक और अधिकार से

वंचित अधिकारी–इन सबके साथ लेन-देन का व्यवहार नहीं करना चाहिए। (इनसे दूर ही रहना चाहिए) ॥ 5/30 ॥

वेदज्ञ ब्राह्मण (ब्रह्मवेत्तापुरुष) जिसके घर जाकर उसके लोभ, भय अथवा कंजूसी के कारण जल, मधुपर्क (दही में मिठास के लिए पर्याप्त शहद डालकर बनाया खाद्य) औ (चलते समय) गौ ग्रहण नहीं करता, श्रेष्ठ पुरुषों के विचार से, ऐसे व्यक्ति का जीना व्यर्थ है ॥ 6/3 ॥

धन लेकर चिकित्सा करने वाला, मर्मान्तक पीड़ा पहुंचाने वाला, ब्रह्मचर्य से भ्रष्ट, चोर, दयाहीन, शराबी, गर्भपात कराने वाला, भाड़े पर लड़ने वाला और वेद ज्ञान को बेचने वाला (धन लेकर पढ़ाने वाला) व्यक्ति अतिप्रिय अतिथि होकर भी पूजा-सत्कार के योग्य नहीं होता ॥ 6/4 ॥

नमक, पका हुआ अन्न (रोटी, चावल आदि), दही, दूध, शहद, तेल, घी, मांस, फल, कंदमूल, शाक, रंगा हुआ लाल कपड़ा (और रक्त), सभी प्रकार की सुगन्धियां और गुड़–ये सभी वस्तुएं नहीं बेचनी चाहिए ॥ 6/5 ॥

जो कार्य अथवा धन आदि स्त्रियों, आलसी और पतित लोगों के भरोसे छोड़ दिये जाते हैं या दुष्ट पुरुषों के अधीन कर दिये जाते हैं, वे सब खटाई में पड़ जाते हैं अर्थात् उनका पूर्ण होना कठिन हो जाता है ॥ 6/41 ॥

जो लोग सदा दूसरों की निन्दा करते हैं, दूसरों के लिए दुःख ही दुःख जुटाने में लगे रहते हैं, और परस्पर के विरोध में सदा प्रयत्नशील रहते हैं, जिनके पास रहने में महान भय हो, जो परस्पर फूट डालने वाले, स्वार्थी, निर्लज्ज, धुर्त और पापी के रूप में प्रसिद्ध हैं, जो समीप रहने योग्य नहीं हों, जो मद्यपान आदि महादोषों वाले हों, ऐसे लोगों को छोड़ देना चाहिए ॥ 7/11-13 ॥

जिस कर्म को करके व्यक्ति खाट पर पड़ा हुआ (बीमार होकर या आराम करते समय) संताप करे (नींद हराम हो जाए या मुंह दिखाने योग्य न रहे) वैसा कर्म मनुष्य को पहले ही नहीं करना चाहिए ॥ 7/28 ॥

समुद्र में गिरी हुई वस्तु और सावधानी से न सुनने वाले से कही बात नष्ट

हो जाती है। बुद्धिहीन व्यक्ति में शास्त्र और अग्निरहित (अर्थात् राख में) किया हुआ हवन भी नष्ट हो जाता है॥ 7/40 ॥

विनम्रता अपयश को नष्ट कर देती है, पराक्रम संकटों को मार भगाता है, क्षमा कोध को नष्ट कर डालती है और सदाचार दुर्व्यसनों को नष्ट कर देता है॥ 7/42 ॥

जो व्यक्ति अधर्म से कमाये हुए धन से यह सोचकर यज्ञ, दान आदि कर्मों को करता है कि इनसे उसे परलोक में सुख मिलेगा, वह मरने के पश्चात् (दूसरे जन्म में) उस दान-यज्ञ आदि कर्मों के शुभ फल को नहीं भोग पाता, क्योंकि उन कर्मों को जिस धन से सम्पन्न किया था, वह अनुचित उपायों से कमाया गया था॥ 7/66 ॥

कुलीनता

जिन कुलों में तप (सुख-दुःख आदि सहना), दम (इन्द्रिय जय), वेदादि धर्मग्रंथों का अध्ययन, यज्ञों का अनुष्ठान, पवित्र विवाह (ब्राह्म, दैव, आर्ष और प्रजापत्य प्रकार के विवाह), सदा अन्न का दान और उत्तम आचार–ये सात गुण रहते हैं, वे ही महाकुल (या बड़े धराने) कहलाते हैं ॥ 4/23 ॥

जिन कुलों का श्रेष्ठ आचार नष्ट नहीं होता, जहां माता-पिता को दुःख-कलेश नहीं होते, जो प्रसन्न मन होकर धर्म का आचरण करते हैं, कुल की कीर्ति को बचाये रखने की कामना करते हैं, और जिन्होंने असद् व्यवहार छोड़ दिया है, ऐसे कुल ही महाकुल कहलाते हैं ॥ 4/24 ॥

थोड़े धन वाले अथवा गरीब होते हुए भी जो कुल आचार-व्यवहार (अर्थात् पदाचार) से युक्त होते हैं, वे श्रेष्ठ कुलों में गिने जाते हैं और महान् यश को प्राप्त करने वाले बनते हैं ॥ 4/29 ॥

श्रेष्ठ कुलों में गिने जाने के लिए आचार प्रमुख (वृत्त) है अतः विशेष प्रयत्न करके आचार की रक्षा करनी चाहिए (धन-संपत्ति तो आती-जाती रहती है, परन्तु आचार-भ्रष्ट व्यक्ति मुर्दे के समान है)। वित्त से वृत्त श्रेष्ठ है, अतः वृत्त (आचार-व्यवहार) की सब प्रकार से रक्षा करनी चाहिए ॥ 4/30 ॥

जो कुल आचार-व्यवहार हीन हैं, उनके पास भले ही गौ, घोड़े, भेड़-बकरी आदि पशु, खेती की जमीन और चाहे जितना ऐश्वर्य हो, फिर भी उनकी उत्तम कुलों में गिनती नहीं होती ॥ 4/31 ॥

हे राजन्! संसार में तीन प्रकार के मनुष्य होते हैं–उत्तम, मध्यम और अधम। इन लोगों को यथा-उचित उत्तम, मध्यम और अधम कार्यों में ही लगाना चाहिए ॥ 4/68 ॥

ब्रह्म आदि पंच महायज्ञों का अनुष्ठान करने, निन्दित प्रकार के विवाह (आसुर, गांधर्व; राक्षस और पैशाच) करने, वेदों का अध्ययन-अध्यापन कर्म छोड़ देने और धर्म-मर्यादा का उल्लंघन करने से उत्तम कुल भी नीच कुल बन जाते हैं ॥ 4/25 ॥

देवों के द्रव्यों का नाश करने (यज्ञ, विद्वत् सेवा या सार्वजनिक कार्यों के लिए एकत्र धन को हड़प लेने या दुरुपयोग करने) से, ब्राह्मणों के धन का अपहरण करने और ब्राह्मणों का अनादर करने से उत्तम कुल भी नीच कुलों में परिणत हो जाते हैं ॥ 4/26 ॥

हे भरतकुलोत्पन्न धृतराष्ट्र! ब्राह्मणों की हिंसा करने, उनको दबाने, उनकी निन्दा करने, अमानत में खयानत करने (अमानत को डकार जाने) से उत्तम कुल भी नीच कुल बन जाते हैं ॥ 1/27 ॥

जो कुल चरित्र-भ्रष्ट हो जाते हैं, वे गौओं, पुरुषों और धन-धान्य से सम्पन्न होने पर भी श्रेष्ठ कुल नहीं कहे जाते ॥ 4/28 ॥

सज्जन ऐसी कामना करते हैं कि हमारे कुल में कोई भी वैरभाव रखने वाला न हो, राजा या मन्त्री दूसरों का धन हड़पने वाले न हों, हमारे परिवार में कोई मित्र-द्रोही, बेईमान, झूठ बोलने वाला और पितरों, देवों एवं अतिथियों से पहले भोजन करने वाला न हो ॥4/32 ॥

आचारहीन व्यक्ति उत्तम कुल में जन्म होने के कारण ही श्रेष्ठ या कुलीन होगा, यह आवश्यक नहीं, ऐसा मेरा दृढ़ मत है। नीच कुल में जन्मे व्यक्ति में भी आचरण के कारण विशिष्टता हो सकती है। (यानी आचरण से ही उच्च कुल में जन्मा व्यक्ति नीच और नीच कुल में जन्मा व्यक्ति कुलीन हो सकता है।) ॥2/41 ॥

विनाश की ओर अग्रसर मनुष्य के आठ लक्षण होते हैं–

(1) वह ब्राह्मणों से मन में द्वेष करता है, (2) फिर कर्म द्वारा ब्राह्मणों का विरोध करता है, (3) ब्राह्मणों का धन हड़पता है, (4) ब्राह्मणों की हत्या करता है, (5) ब्राह्मणों की निन्दा से प्रसन्न होता है, (6) ब्राह्मणों की प्रशंसा को पसन्द नहीं करता, (7) उत्सव, यज्ञ आदि धार्मिक कृत्यों में ब्राह्मणों को बुलाता तक

नहीं, और (8) ब्राह्मणों के याचना करने पर उनको हीन समझता है (उनका तिरस्कार करता है)। बुद्धिमान मनुष्य को चाहिए कि वह इन दोषों को समझे और समझकर इनको छोड़ दे ॥ 1/98-99-100 ॥

कोई व्यक्ति सज्जन या दुष्ट अथवा तपस्वी या चोर, जैसे भी व्यक्ति की संगति करता है, वह व्यक्ति उसके वश में उसी प्रकार हो जाता है, जिस प्रकार कपड़े को जिस रंग में रंगा जाए उस पर वैसा ही रंग चढ़ जाता है। अर्थात् मनुष्य पर उनकी संगति का प्रभाव अवश्य पड़ता है ॥ 4/10 ॥

सत्पुरुषों के घरों में अन्न, सोने के लिए भूमि, जल आदि पेय पदार्थ और प्रिय एवं सत्यवाणी, ये चार पदार्थ कभी समाप्त नहीं होते। उनके यहां अतिथियों को ये चार चीजें अवश्य मिलती हैं। (दूसरे अर्थ में जो अतिथि की सच्चे भाव से सेवा करते हैं, ऐसे सत्पुरुषों के यहां ये चारों सदा रहती हैं अर्थात् दान से कोई निर्धन नहीं होता) ॥ 4/34 ॥

हे राजन्! लकड़ी से बनी गाड़ी छोटी होने पर भी भार ढो सकती है लेकिन उससे बड़ा लक्कड़ भार नहीं ढो सकता। इसी प्रकार श्रेष्ठ कुल के कर्मपरायण पुरुष जिम्मेदारी निभा सकते हैं, साधारण मनुष्य उत्तरदायित्व निभाने में असमर्थ ही रहते हैं) ॥ 4/36 ॥

हे भरतकुलश्रेष्ठ! सर्प, अग्नि और खानदानी (कुलीन) व्यक्ति ये सभी अत्यन्त तेजस्वी होते हैं। अतः मनुष्य को कभी इनका अपमान या उपेक्षा नहीं करनी चाहिए। (यद्यपि कुलीन पुरुष प्रायः बदले की भावना नहीं रखते, किन्तु यदि वे बदला लेने पर उतारू हो जाएं तो सम्पूर्ण राज्य को नष्ट कर सकते हैं) ॥ 5/59 ॥

कुलीन पुरुष अग्नि के समान तेजस्वी होते हुए भी अप्रकट रहते हैं जैसे काष्ठ में अग्नि निराकार रहती है। (संकेत यह है कि ऐसे कुलीन पांडवों को इतना मत रगड़ो कि उनकी अग्नि प्रदीप्त होकर सभी को नष्ट कर डाले) ॥ 5/62 ॥

जो मनुष्य अपना कल्याण चाहते हैं, उन्हें अपने सगे-सम्बन्धियों और कुल की वृद्धि करनी चाहिए। हे राजेन्द्र! तुम भी पांडवों के प्रति अच्छा व्यवहार

करो। सगे-सम्बन्धियों के साथ अच्छा व्यवहार करने से तुम्हारा भी कल्याण होगा। हे भरतकुलश्रेष्ठ! गुणहीन आत्मीय जनों की भी रक्षा करनी चाहिए। फिर जो तुम्हारी कृपा चाहते हैं, ऐसे गुणवान् आत्मीयों का तो कहना ही क्या? वे तो अवश्य ही संरक्षणीय हैं॥ 7/18-19॥

अपने सगे-सम्बन्धियों के साथ ही भोगों को मिलकर भोगना चाहिए, मिल-बैठकर खुलकर बातचीत करनी चाहिए और आपस में खूब प्रेम-प्रीति रखनी चाहिए; आपस में विरोध तो कभी करना ही नहीं चाहिए क्योंकि आत्म-सम्बन्धी ही इस लोक में दुःखों से पार लगाने वाले होते हैं और वे ही दुःख सागर में डुबाने वाले भी होते हैं। अच्छे आचरण वाले संबंधी संसार सागर से पार उतार देते हैं और बुरे आचरण वाले बीच मझधार में डुबा देते हैं॥ 7/23-24॥

प्रतिदिन यथासमय स्नान-आचमन (संध्या) करने वाला, नित्य अग्निहोत्र आदि यज्ञ करने वाला, सदा स्वाध्याय करने वाला, पतितों के अन्न-धन आदि से दूर रहने वाला, सत्य बोलने वाला और गुरु (वृद्ध) जनों की सेवा करने वाला ब्राह्मण ब्रह्मलोक से भ्रष्ट नहीं होता (अर्थात् अवश्य मुक्ति पाता है।)॥ 8/25॥

वेदों को विधिवत् गुरु से पढ़कर, अग्नियों को चारों ओर से (कुशाओं से) आच्छादित करके, यज्ञों से यजन करके, प्रजाओं का धर्मपूर्वक पालन करके, जो पवित्र आत्मा क्षत्रिय, गौ और ब्राह्मण की रक्षा करते हुए शस्त्र के आघात से संग्राम में मारा जाता है, उसे स्वर्ग की प्राप्ति होती है (अर्थात् मुक्त हो जाता है)॥ 8/26॥

गुरु से वेदों को पढ़ने वाला, यथासमय ब्राह्मण, क्षत्रिय और अपने आश्रित भृत्य वर्ग को धन बांटने वाला, तीनों अग्नियों से उठे यज्ञ के पवित्र धूम को सूंघने (अर्थात यज्ञ करने वाला वैश्य मरने के उपरान्त स्वर्गलोक में दिव्य सुखों को भोगता है॥ 8/27॥

ब्राह्मण, क्षत्रिय तथा वैश्य वर्णों की क्रम से जो शूद्र न्यायपूर्वक सेवा करता है और इनके प्रसन्न होने पर पापरहित हुआ मरता है, वह मरने के बाद स्वर्ग के सुखों को भोगता है॥ 8/28॥

गृहपति के कर्त्तव्य

व्यक्ति को चाहिए वह अन्तःपुर (गृह का प्रबन्ध) का भार अपने पिता को सौंप दे (क्योंकि पिता जैसा कोई अन्य व्यक्ति हितैषी नहीं हो सकता), रसोईघर का प्रबन्ध अपनी माता के अधीन रखे, गौओं की देखभाल आत्मा के समान प्रिय व्यक्ति से कराए, खेती-पाती का काम स्वयं देखे, वाणिज्य-व्यवहार (लेन-देन) सेवकों से कराए और ब्राह्मणों की सेवा के लिए अपने पुत्रों को लगाये ॥ 6/12 ॥

हे भरतवंशी राजन्! मनु जी ने कहा है कि देव, ब्राह्मण और अतिथियों के आदर-सत्कार के लिए अजा (बकरियां), वृषभ (बैल), चंदन, वीणा, दर्पण, शहद, घी, विष (अथवा तीक्ष्ण शस्त्रास्त्र), तांबे के पात्र, दक्षिणावर्त्त शंख, स्वर्णनाभ और गोरोचन आदि मांगलिक पदार्थ सदैव घर में रखने चाहिए ॥ 8/10-11 ॥

सन्तान को उत्पन्न करके उन्हें ऋण से मुक्त (सुख-साधन-सम्पन्न) बनाकर और उनके लिए किसी आजीविका साधन की व्यवस्था करके, कन्याओं की यथायोग्य घरों और वरों को सौंपने के पश्चात् ही गृहस्थ को वानप्रस्थी होकर मुनि बनने की इच्छा करनी चाहिए ॥ 5/39 ॥

सज्जन को चाहिए कि वह ईर्ष्या करने वाला न हो, स्त्रियों का रक्षक हो, ऐश्वर्य को बांटकर भोगे, प्रिय भाषी, सरल स्वभाव वाला, स्त्रियों के साथ मधुर वाणी से बोले, किन्तु उनके वशीभूत कभी न हो ॥ 6/10 ॥

हे भाई! गृहस्थाश्रम में इन चार को घर में अवश्य रखें–एक, अपना बूढ़ा सम्बन्धी, दूसरा, कष्टों में फंसा हुआ कुलीन पुरुष, तीसरा, धनहीन मित्र और चौथा, पुत्ररहित बहन। (वृद्ध कुल के आचार का उपदेश देगा, कुलीन पुरुष सदाचार सिखायेगा, मित्र भले की बात बताएगा और बहन धन-धान्य की रक्षा करेगी।) इनके रहने पर गृहस्थाश्रम स्वर्गिक सुखों से

परिपूर्ण हो जाएगा ॥ 1/75 ॥

घर की स्त्रियां आदर के योग्य, अत्यन्त सौभाग्यशालिनी (महालक्ष्मी रूपा), पवित्र, घर की शोभा बढ़ाने वाली कही जाती हैं, अतः इनकी विशेष रूप से रक्षा करनी चाहिए। (गृहिणी के बिना घर श्मशान तुल्य होता है) ॥ 6/11 ॥

हे राजन्! संसार में स्त्री, पुत्र और सेवक इन तीनों को धन का अधिकारी नहीं माना गया है। ये तीनों जो कुछ कमाते हैं, वह उसी का होता है, जिसके अधीन वे रहते हैं ॥ 169 ॥

हे भाई! जो स्वामी अपने (स्वामी के) हित में लगे निष्ठावान सेवक पर कभी क्रोध नहीं करता सेवक भी ऐसे स्वामी का भरोसा करते हैं

और आपत्ति आने पर उसे कभी नहीं त्यागते ॥ 5/22 ॥

जो व्यक्ति अपने सम्बन्धियों, दरिद्र लोगों, दीनों और दुखी-रोगियों पर कृपा करता है, उसके पुत्रों और सुख-साधनों की वृद्धि होती है और वह लौकिक कल्याण तथा अनन्त सुख प्राप्त करता है ॥ 7/17 ॥

अपना कल्याण चाहने वाले व्यक्ति को सदैव उत्तम पुरुषों की संगत में उठना-बैठना चाहिए। आपत्ति आ पड़े तो मध्यम पुरुष का भी संग कर लें लेकिन अधम (नीच) पुरुषों का साथ तो कदापि नहीं करना चाहिए ॥4/20 ॥

धन तो मनुष्य चोरी-डाका आदि बुरे कर्मों से, लगातार पुरुषार्थ करके, तीव्र बुद्धि (नौकरी आदि) से भी कमा लेता है, लेकिन उस धन के बल पर वह न तो प्रशंसा, यश तथा कीर्ति प्राप्त कर सकता है और न उत्तम कुलों का सदाचार-सम्मान प्राप्त कर पाता है ॥ 4/21 ॥

क्लेशदायक कर्म करने वाले, अत्यन्त प्रमादी, सदा झूठ बोलने वाले, शिथिल विश्वास वाले, स्नेह से रहित, और अपने-आप को अत्यन्त चालाक समझने वाले—इन छः प्रकार के नीच पुरुषों की संगत नहीं करनी चाहिए ॥ 5/37 ॥

बेहद परेशानी होने पर इन नौ प्रकार के लोगों से कभी कुछ न मांगें:

(1) कंजूस, (2) गाली देने वाला, (3) मूर्ख, (4) जंगली, (5) धूर्त (जुआरी), (6) अमान्य को मान देने वाले, (7) निर्दयी, (8) वैरी और (9) कृतघ्न ॥ 5/36 ॥

आलसी, अधिक खाने वाले पेटू, जिसे सब निन्दनीय मानते हों, अत्यन्त चालाक (कपटी), दुष्ट, देश-काल को न समझने वाले और निन्दित वेश धारण करने वाले–इन सात प्रकार के व्यक्तियों को घर में आश्रय नहीं देना चाहिए ॥ 5/35 ॥

जितेन्द्रियता

जो व्यक्ति आत्मा या चित्त में नित्य रहने वाले काम, क्रोध, शोक, मोह, मद और अभिमान को वश में कर लेता है, इन पर विजय पा लेता हो, वह जितेन्द्रिय पुरुष पापकर्मों में लिप्त ही नहीं होता। ऐसी अवस्था में पापों से उत्पन्न होने वाले अनर्थों या कष्टों का सामना उसे क्यों करना होगा। (अर्थात् नहीं करना होगा) ॥ 1/88 ॥

जितेन्द्रिय पुरुषों को रास्ता दिखाने वाला गुरु होता है, पापी लोगों को सुमार्ग पर लाने वाला राजा होता है और गुप्त रूप से पाप कर्म करने वालों का नियन्त्रण करने वाला सर्वान्तर्यामी परमात्मा होता है ॥ 3/72 ॥

पांच इंद्रियों वाले मनुष्य की यदि एक भी इंद्रिय उसके वश में नहीं है तो उसकी बुद्धि उसी प्रकार नष्ट हो जाती है जैसे चमड़े की मशक से पानी धीरे-धीरे चूकर खत्म हो जाता है (चाणक्य ने भी अपने 'अर्थशास्त्र') में इंद्रिय जय नामक प्रकरण में राज्य का मूल आधार इंद्रिय जय ही बताया है। इसी प्रकार भर्तृहरि ने हिरन, हाथी, पतंग, भौंरा और मछली को क्रमशः कान, त्वचा, चक्षु, नासिका और जिह्वा रसों के कारण मरने वाला बताया है और कहा है कि उस प्रमादी मनुष्य का नाश तो निश्चित है जो पांचों इंद्रियों से पांचों विषयों में लीन रहता है ॥ 1/82 ॥

जो व्यक्ति शब्द, रूप, रस, स्पर्श, गंध इन पांच विषयों की ओर दौड़ने वाली अपनी पांच इंद्रियों रूपी शत्रु को वश में नहीं करता, उसको विपत्ति ग्रस लेती है ॥ 2/71 ॥

जो व्यक्ति मन के विकारभूत (मनः प्रधान) पांच ज्ञानेन्द्रियों के विषय के रूप में अपने ही भीतर बैठे शत्रुओं को जीते बिना दूसरे शत्रुओं को हराने की इच्छा करता है, उसे बाहरी शत्रु हरा देते हैं (सांख्य दर्शन के अनुसार अहंकार

रूप मन से ही इंद्रियों की उत्पत्ति हुई है) ॥ 2/68 ॥

जिस व्यक्ति की इंद्रियां वश में नहीं होती वह बुराई को भलाई और भलाई को बुराई के रूप में (अर्थात् उल्टा ही) देखता है। ऐसा मूर्ख अनियंत्रित इंद्रियों के मोहजाल में फंसा दुख को भी सुख ही मान बैठता है ॥ 2/61 ॥

वश में न की हुई इंद्रियां व्यक्ति को उसी प्रकार नष्ट कर देती हैं, जैसे बिना प्रशिक्षित बिगड़ैल घोड़े मार्ग में ही मूर्ख सारथी को मार डालते हैं ॥ 2/60 ॥

जो व्यक्ति धन-ऐश्वर्य का स्वामी तो है किन्तु इंद्रियों का स्वामी होने के स्थान पर दास है, उसका विषयों के प्रति अवश होने के कारण ऐश्वर्य नष्ट हो जाता है ॥ 2/63 ॥

जो व्यक्ति विषयों की ओर सहज भाव से आकर्षित करने वाली पांचों इंद्रियों के वश में होकर उनका दास बन जाता है, उसकी आपत्तियां शुक्ल पक्ष के चन्द्रमा की तरह प्रतिदिन बढ़ती ही जाती हैं ॥ 2/55 ॥

काम, कोध और लोभ ये तीनों आत्मा को पतित करने वाले और नरक (दुखों) के तीन द्वार हैं, अतः बुद्धिमान को चाहिए कि इन तीनों को त्याग दे ॥ 1/71 ॥

शब्द, रूप, रस, गंध और स्पर्श के सुख में तल्लीन इन्द्रियों के वश में होने के कारण इस जगत् के निवासी उसी प्रकार पीड़ित हो रहे हैं, जैसे सूर्य आदि ग्रहों से नक्षत्र आक्रांत होते हैं ॥2/54 ॥

मन और पांचों इंद्रियां अत्यन्त चंचल हैं। इनमें से जो-जो इंद्रिय जिस-जिस विषय के सेवन से विषय लिप्सा बढ़ाती हैं, उससे विषय सेवी मनुष्य की बुद्धि नित्य उसी प्रकार रिसती चली जाती है, जिस प्रकार छेद वाले घड़े से जल चूने लगता है ॥4/48 ॥

हे निष्पाप नरेश! विद्याध्ययन और तप किये बिना, इंद्रियों पर विजय प्राप्त किए बिना और लोभ का त्याग किए बिना आपको शांति प्राप्त नहीं हो सकती ॥ 4/51 ॥

चंचल चित्त वाले, अज्ञानी और इंद्रियों के वशीभूत मनुष्य को धन-सम्पत्ति इस प्रकार त्याग देते हैं, जैसे हंस सूखे सरोवर को छोड़ देते हैं ॥ 4/40 ॥

क्रोध बिना व्याधि के भी आ जाने वाला, कड़ुआ, बुद्धि को खराब कर देने वाला, बुरे कर्मों में फंसाने वाला, कठोर, तीखा और शरीर को ताप देने वाला है। सज्जन लोग ऐसे क्रोध को पी जाते हैं किन्तु दुष्ट लोग इसे पी जाने के स्थान पर उसके वश में हो जाते हैं। (क्रोध से व्यक्ति शारीरिक एवं मानसिक दोनों प्रकार से पीड़ित होता है) अतः हे राजन्, आप क्रोध को पी जाओ और शांत हो जाओ ॥4/68 ॥

हे राजन्! अति अभिमान, बहुत बोलना, त्याग का अभाव (आवश्यकता से अधिक वस्तुओं का संग्रह जिसके लिए असद् उपायों से धन जुटाना होता है), क्रोध करना, अपने ही पालन-पोषण की इच्छा रखना और मित्रों से द्रोह करना, इन छः कारणों से मनुष्य पूर्ण आयु तक जीवित नहीं रहता (शीघ्र मर जाता है)। ये छः तीक्ष्ण तलवारें ही प्राणियों की आयु को काटती हैं, ये ही मनुष्य को मारती हैं, मृत्यु नहीं मारती। अतः हे राजन्, तुम अभिमान को छोड़ दो, जिससे तुम्हारा कल्याण हो ॥ 5/10-11 ॥

हे राजन्! छोटे-से छेद वाले जाल में फंसी हुई दो बड़ी-बड़ी मछलियां जैसे जाल को काट डालती हैं, उसी प्रकार काम और क्रोध (दोनों मिलकर) विवेक को नष्ट कर देते हैं ॥ 2/66 ॥

चाहे जितना ईंधन डालो, अग्नि उससे तृप्त नहीं होती बल्कि ईंधन डालने से बढ़ती है, नदियों के जल से समुद्र कभी तृप्त नहीं होता (उसमें बाढ़ नहीं आती), मृत्यु सब प्राणियों को मारकर भी तृप्त नहीं होती और स्त्री अनेक पुरुषों से सम्भोग करके भी तृप्त नहीं होती। (इसी प्रकार कामी पुरुष भी स्त्रियों से तृप्त नहीं होता। तृप्ति तो काम को वश में करने से ही होती है।) ॥ 8/7 ॥

ऐश्वर्य का मद तो शराब के नशे से भी अधिक निन्दनीय मद है क्योंकि ऐश्वर्य मद से ग्रस्त व्यक्ति तो बिना गिरे होश में आता ही नहीं अर्थात् उसका पतन अवश्यम्भावी होता है ॥ 2/53 ॥

जिस सुख का भोग करने पर व्यक्ति धर्म और अर्थ से हीन नहीं होता, उसका वह यथेष्ट उपभोग करे परंतु विषयों से उसे अत्यन्त आसक्त नहीं हो जाना चाहिए ॥ 7/60 ॥

कल्याण अथवा उन्नति चाहने वाले व्यक्ति को निद्रा, तंद्रा (ऊंघते रहना), भय, क्रोध (द्वेषमूलक क्रोध), आलस्य और प्रमाद (दीर्घसूत्रता–अनावश्यक विलम्ब करना) ये छः दोष छोड़ देने चाहिए ॥ 1/83 ॥

जितना बोलना उचित है, उतना ही बोलना (अर्थात् वाणी का संयम) अत्यन्त कठिन माना गया है। सार्थक और चमत्कारपूर्ण वचन भी बहुत नहीं बोले जा सकते ॥ 2/76 ॥

रूखी, कठोर और कष्टपूर्ण वाणी सुनने वाले के मर्मस्थलों, हड्डियों एवं हृदय को जला डालती है। इसलिए धर्मपरायण व्यक्ति को पीड़ा पहुंचाने वाली रूखी और कठोर वाणी को त्याग देना चाहिए ॥ 4/7 ॥

यदि कोई विरोधी व्यक्ति किसी बुद्धिमान् को लगातार अत्यन्त तीखे और अग्नि या सूर्य के समान जलते तीखे वाक्बाणों से बींधे (घायल करे) तो वह मेधावी व्यक्ति वाणी के बाणों से बिद्ध होने और जलने पर भी यह समझे कि पीड़ा पहुंचाने वाला व्यक्ति मेरे अंदर पुण्यों का संचय कर रहा है ॥ 4/9 ॥

बुद्धि रूपी बाण से बिंधे हुए व्यक्ति की न तो कोई वैद्य चिकित्सा कर सकता है, न उसकी कोई औषधि है, न यज्ञों द्वारा उसका प्रतिकार हो सकता है, न उसका कष्ट आशीर्वाद से दूर किया जा सकता है, न अथर्ववेद के मंत्र (जादू-टोना) ही उसे पीड़ामुक्त कर सकते हैं और ना ही पारे से भली प्रकार सिद्ध किये गए रसों से उसकी चिकित्सा हो सकती है ॥ 5/58 ॥

बाण से हुआ घाव कालांतर में भर जाता है, कुल्हाड़ी से काटे गए वन के वृक्ष फिर उग आते हैं, किन्तु कटुवचन से हुआ हृदय का भयानक घाव कभी नहीं भरता ॥ 2/78 ॥

देवगण जिस व्यक्ति को नष्ट करना चाहते हैं, उसकी बुद्धि का हरण

कर लेते हैं। बुद्धिरहित होकर वह नीच कर्मों की ओर ही झुकता चला जाता है ॥ 2/81 ॥

संसार में मनुष्य के शील की प्रशंसा करते हुए कहा गया है कि उत्तम वस्त्र पहनने वाला व्यक्ति सभा में अपना प्रभाव जमा लेता है; गौ पालक घी, दूध, मक्खन आदि का सेवन करके मीठे स्वाद की इच्छा जीत लेता है; सवारी से चलने वाला मार्ग तय कर लेता है, इसी प्रकार उत्तम स्वभाव वाला व्यक्ति सबका हृदय जीत लेता है ॥ 2/471 ॥

शील (उत्तम स्वभाव) ही पुरुष का प्रधान गुण है। इस लोक में जिसका शील नष्ट हो जाता है, उसका जीना व्यर्थ है क्योंकि जीवन, धन, बंधुओं से उसका नाता ही टूट जाता है ॥ 2/48 ॥

बुद्धि के मलिन हो जाने और विनाश सुनिश्चित हो जाने पर अनीति भी नीति के समान प्रतीत होता है और अनीति उसके हृदय से नहीं निकलती ॥ 2/82 ॥

बुढ़ापा रूप को, आशा धीरज को, मृत्यु जीवन को, निन्दा धर्माचरण को, काम लज्जा को, दुष्टों का संग सदाचार को और क्रोध सम्पत्ति को नष्ट करता है किन्तु अभिमान तो सब गुणों का नाश कर देता है ॥ 5/8 ॥

विद्या का मद, धन का मद और उच्चकुल का मद–ये तीन मद संसार में प्रसिद्ध हैं। ये अहंकारियों की बुद्धि भ्रष्ट करने के साधन हैं किन्तु सत्पुरुषों को शान्ति देने वाले हैं ॥2/44 ॥

जनसाधारण को रोटी, कपड़ा, मकान बराबर मिलने या न मिलने का भय रहता है, मध्यम कोटि के लोगों को मरने का भय व्यापता है किन्तु उत्तम वर्ग के लोगों को तो अपमानित हो जाने का महान् भय होता है ॥2/52 ॥

प्राणिमात्र को सहारा देने वाले सत्पुरुष (संत) होते हैं, संतों को भी संत सहारा देते हैं और दुष्टों को भी सहारा देने वाले संत ही होते हैं परंतु दुष्ट लोग संतों को कभी सहारा नहीं देते। (पांडव संत हैं किन्तु तुम्हारे पुत्र उनको कभी सहारा नहीं देंगे।) ॥ 2/46 ॥

दुःख-सुख

अच्छे पुरुष जो ज्ञान की बात बताते हैं, उसमें से सुनने वाले ने यदि जानने योग्य बातों को या तो जाना नहीं और यदि जाना-समझा तो उस पर अमल नहीं किया तो उसका वह उपदेश व्यर्थ ही गया। जो विद्वान् पाप-परिणाम वाले कार्यों को आरम्भ ही नहीं करता वह जीवन में उन्नति करता है। इसके विपरीत जो व्यक्ति अपने पहले के किये हुए दुष्कर्म पर विचार न करके उसी पापकर्म को बार-बार करता है, ऐसा मूढ़मति व्यक्ति विकट विपत्ति में फंस जाता है॥ 7/33-35॥

संसार में सुख-दुःख, उत्पत्ति-विनाश (भाव-अभाव), हानि-लाभ, जीना-मरना यह सब सभी प्राणियों को बारी-बारी से प्राप्त होता रहता है इसलिए धैर्यवान् व्यक्ति को चाहिए कि इच्छा पूर्ण होने पर प्रसन्न न हो और इच्छित कार्य न होने (अनिष्ट होने) पर शोक न करे॥ 4/47॥

मनुष्य (अलग-अलग योनियों में) बार-बार जन्म लेता है और मरता है, घटता भी है और बढ़ता भी है। कभी किसी से वह मांगता है और कभी दूसरे उससे मांगते हैं, कभी वह स्वयं शोक करता है, कभी दूसरे उसके लिए शोक करते हैं अर्थात् वह कभी एक रूप में नहीं रहता। सुख-दुख लगे ही रहते हैं, अतः शोक करना व्यर्थ है॥ 4/46॥

भेद बुद्धि वाले (फूट डालने वाले अथवा आपस में ही झगड़ने वाले) विद्वेषवश अपने को खो बैठते हैं। ऐसे लोगों को अत्यन्त नरम तथा सुंदर शय्याओं पर लेटकर भी निद्रा नहीं आती, प्रियतमाओं से भी सम्भोग सुख प्राप्त नहीं होता और चारण-भाटों से स्तुतियां सुनकर भी आनंद नहीं मिल पाता॥ 4/55॥

आत्मीय होकर भी विद्वेषवश अलग-अलग हो जाने वाले (भेद बुद्धि वाले) न तो पूर्ण रूप से किसी धर्म (कर्त्तव्य) का पालन कर पाते हैं,

न उन्हें सुख मिलता है और न ही उनकी उन्नति हो पाती है। आत्मसुख से वंचित ऐसे लोग किसी प्रकार का गौरव तथा शान्ति लाभ नहीं कर पाते ॥ 4/56 ॥

विद्वेषवश आत्मीयों से दूर हो गए अभागे लोगों को हितकारी वचन भी अच्छा नहीं लगता। जीवन में उनका कोई योग-क्षेम नहीं रह जाता है (अर्थात् कुछ नया मिलता नहीं और जो मिला हुआ है, उसकी रक्षा नहीं होती)। ऐसे भेद बुद्धि वालों का अंत में पूर्ण विनाश ही हो जाता है ॥ 4/57 ॥

हे भरतश्रेष्ठ! तामस स्वभाव वाले धन के घमण्डी लोगों का भोजन मांस-प्रधान होता है, मध्यम श्रेणी के लोगों में गोरस (दूध, दही, मक्खन) आदि की प्रमुखता रहती है और दरिद्रों के भोजन में तेल का प्रयोग अधिक रहता है ॥ 2/49 ॥

जो व्यक्ति पराये धन, रूप, बल-पराक्रम, कुल, सुख, सौभाग्य और आदर-सम्मान के विषय में ईर्ष्या करता है, उसके दुखों का अंत नहीं (वह सदा सुखी रहता है।) ॥ 2/42 ॥

अनुचित कार्य करने से, कर्त्तव्य कर्मों को त्याग देने से और समय (कार्यसिद्धि) से पहले ही गुप्त मंत्रणा के प्रकट हो जाने से मनुष्य को डरना चाहिए और जिस वस्तु के सेवन से नशा चढ़ जाए, ऐसी मादक चीजों के सेवन से बचना चाहिए ॥ 2/43 ॥

हे राजन्! प्रायः देखा गया है कि धनाढ्य लोग अधिक खा ही नहीं पाते और यदि खा भी लें तो उसे पचाने की शक्ति उनमें नहीं होती। दरिद्र तो खाने के मामले में 'लक्कड़ हजम पत्थर हजम' होते हैं ॥ 2/51 ॥

पापपूर्ण कार्य करने वाले दुष्टों को न छोड़कर जो धर्मात्मा व्यक्ति उनके साथ मेलजोल रखते हैं, उन निष्पाप धर्मपरायण लोगों को भी पापियों के समान उसी प्रकार दण्ड भोगना पड़ता है जैसे सूखी लकड़ियों के साथ गीली लकड़ियां भी जल जाती हैं। अतः दुष्टों के साथ कभी मेल-मिलाप नहीं रखना चाहिए ॥ 2/70 ॥

चिन्ता करने से कोई इच्छित वस्तु प्राप्त नहीं होती, उलटे उससे शरीर पीड़ित होता है और शत्रु लोग चिन्ता में डूबा देखकर खिल्ली उड़ाते हैं। इससे मन में चिन्ता नहीं लगानी चाहिए ॥ 4/45 ॥

जो व्यक्ति मोह में पड़कर निन्दित कर्म करता है, वह उन कर्मों के खराब परिणाम आने पर जीवन से भी हाथ धो बैठता है। उत्तम कर्मों का अनुष्ठान ही सुख देने वाला होता है और उनको न करना (परित्याग कर देना) ही दुख (या पश्चात्ताप) का कारण बन जाता है ॥ 6/21-22 ॥

जो व्यक्ति दुःख से पीड़ित, प्रमादी, नास्तिक, आलसी, अजितेन्द्रिय (असंयमी) और उत्साहहीन होते हैं, उनके पास लक्ष्मी नहीं रहती है ॥ 7/61 ॥

जिन लोगों के पास हजारों रुपये हैं, वे भी जीते हैं और जिनके पास केवल सैकड़ों रुपये हैं, वे भी जीते हैं; अतः हे धृतराष्ट्र! अधिक (धन या राज्य) की इच्छा को त्याग दो। ऐसा नहीं है कि अधिक सम्पत्ति के बिना किसी प्रकार जीवित रहा नहीं जा सकता ॥ 7/82 ॥

व्यक्ति ज्ञान से भय को दूर करता है, तप करने से उसे गौरव एवं ब्रह्म की प्राप्ति होती है, गुरु की सेवा से ज्ञान-लाभ होता है और सुख-दुख आदि में सम भाव रखने से शान्ति मिलती है ॥ 4/52 ॥

जैसे-जैसे व्यक्ति शुभ कार्यों में मन लगाता है, वैसे-वैसे उसकी सभी इच्छाएं पूर्ण होती जाती हैं, इसमें कोई संदेह नहीं ॥ 3/42 ॥

जो सज्जन सत्पुरुषों से प्रेरणा पाकर अनासक्त भाव से यथाशक्ति बहुत कार्य कर डालता है, उसको शीघ्र ही सुयश प्राप्त होता है क्योंकि उससे प्रसन्न हुए सत्पुरुष निश्चय ही उसका कल्याण करते हैं ॥ 8/1 ॥

जो व्यक्ति अधर्मयुक्त बहुत बड़ी धन-राशि को भी, उसकी ओर आकृष्ट हुए बिना ही, त्याग देता है, वह उसी प्रकार बड़े-बड़े दुखों से छूटकर सुखपूर्ण जीवन व्यतीत करता है, जैसे सांप अपनी केंचुली (पुरानी खाल) को त्यागकर सुखी होता है ॥ 8/2 ॥

हे राजन्, रोगरहित (स्वस्थ) होना, अपने ऊपर ऋण न होना, दूर देश

में प्रवास न करना, सत्पुरुषों के साथ सत्संग, अपने अनुकूल तथा स्वाश्रित जीविका (अपना धंधा) और निडरता–ये छः संसार के सुख हैं ॥ 1/94 ॥

हे भरतकुलश्रेष्ठ! अभिन्न मित्रों से मिलना, विपुल धन प्राप्त हो जाना, पुत्र से कौली भरकर मिलना, मैथुन में पति-पत्नी दोनों का साथ-साथ निवृत्त होना, अवसर के अनुकूल मधुर बातचीत होना (अथवा प्रियजनों से बातचीत), अपने समुदाय में उन्नति करना, जिस वस्तु की इच्छा हो, वह मिल जाना और समाज (लोक) में मान-सम्मान ये आठ हर्ष के सार हैं (अर्थात् लौकिक सुख के साधन हैं।) ॥ 1/101-103 ॥

जो व्यक्ति बुद्धिमानों द्वारा कहे गये अच्छे वचनों को फलाफल (अच्छे-बुरे परिणाम) की दृष्टि से विचार करके कार्यों के करने (या न करने) का निश्चय करता है, वह संसार में चिरकाल तक यशस्वी होता है ॥ 7/32 ॥

जिसने दान के द्वारा अपने मित्रों को वश में कर लिया है, शत्रुओं को युद्ध में जीत लिया है और भोग-सामग्री से स्त्रियों को वश में कर लिया है, उसका जीवन सफल है ॥ 7/81 ॥

भविष्य में आने वाले दुख-विघ्नों को कैसे टाला जा सकता है, वर्तमान काल में दृढ़-निश्चय वाला और भूतकाल में क्या काम करने को रह गया है, जो यह जानने वाला होता है, वह सदा धन-धान्य से सम्पन्न रहता है ॥ 7/54 ॥

निन्दनीय कर्म

दूसरे के गुणों को न समझना और उनमें दोष देखना स्वयं अपनी मृत्यु के समान है अर्थात् गुणों में दोष देखने वाला (असूयक) स्वयं नष्ट हो जाता है, अत्युक्तिपूर्ण आत्म-प्रशंसा कल्याण का नाश करने वाली है अथवा अभिमान करने से धन-सम्पत्ति नष्ट हो जाती है। गुरु की सेवा न करना, शीघ्रता करना और आत्म-प्रशंसा करना, ये तीनों विद्या की प्राप्ति में बाधक हैं॥ 8/4॥

आलस्य में पड़े रहना, नशीले पदार्थों का सेवन, परिवार में फंसे रहना, एकाग्रचित्त न होना, व्यर्थ की गप्पबाजी में फंसकर समय नष्ट करना, उदंडता, बुद्धि की जड़ता और लालची होना–ये ऐसे दुर्गुण हैं, जिनके कारण विद्या की प्राप्ति नहीं हो सकती॥ 8/5॥

हे राजन्! दूसरों के धन को निन्दायोग्य उपायों से छीनना, पराई स्त्रियों को बुरी नीयत से स्पर्श करना या उनके साथ गमन करना और मित्र का परित्याग, ये तीनों ही दोष मनुष्य की आयु, धर्म और यश को नष्ट करने वाले हैं॥ 1/70॥

ईर्ष्या करने वाला, घृणा करने वाला, असंतोषी, क्रोधी, सदैव शंका करने वाला और दूसरों के आश्रय पर जीने वाला–ये छ: प्रकार के मनुष्य नित्य दुखी रहते हैं॥ 1/95॥

बढ़-बढ़कर झूठ बोलना, राजा के विषय में निन्दा (झूठी बातें फैलाना) और बड़ों के साथ झूठा व्यवहार करना, ये सब बातें ब्रह्म-हत्या के समान पाप हैं॥ 8/3॥

नगर में प्रवेश करने से रोका हुआ अथवा नगर-द्वार के बाहर भूखा पड़ा व्यक्ति और बहुत-से शत्रुओं से घिरा हुआ मानव जिस दुख का

अनुभव करता है, वही दुख झूठी गवाही देने वाले को होता है। (ऐसे व्यक्ति का कोई विश्वास नहीं करता, अतः अकेला पड़ जाता है और मन से दुखी होता है।) ॥ 3/33 ॥

साधारण पशु (बकरी आदि) की प्राप्ति के लिए झूठ बोलने वाले को पांच व्यक्तियों की हत्या का, गौ के लिए झूठ बोलने वाले को दस व्यक्तियों, घोड़े के लिए झूठ बोलने पर सौ मनुष्यों और मानव के लिए झूठी गवाही देने पर हजार व्यक्तियों की हत्या का पाप लगता है। अतः झूठ बोलना महान् पातक कर्म है ॥ 3/34 ॥

स्वर्ण के लिए झूठ बोलने वाला अपने उत्पन्न और उत्पन्न होने वाले सभी पुत्रों को मार डालता है (अर्थात् झूठ बोलकर उन्हें कलंक से दूषित कर देता है)। भूमि के लिए झूठ बोलने वाला सब कुलवालों की (चरित्र) हत्या कर देता है। अतः स्वर्ण या भूमि के लिए झूठ मत बोलना ॥ 3/35 ॥

हस्तरेखा देखने वाला, जो पहले कभी चोर रहा हो और बाद में बनिया बन गया हो ऐसे व्यापारी, जुआरी, चिकित्सक, शत्रु, मित्र और नाचने-गाने वाले– इन सातों को साक्ष्य में कभी प्रमाण न मानें क्योंकि अलग-अलग कारणों से ये मिथ्या साक्षी दे सकते हैं ॥ 3/45 ॥

जो दूसरों की निन्दा करने वाला, मर्म स्थलों पर चोट करने वाला, कठोर वचन बोलने वाला, वैर करने वाला और धूर्त मनुष्य होता है, वह पापकर्म करता हुआ शीघ्र ही महाविपत्ति में फंस जाता है ॥ 37/65 ॥

हे भरतकुलश्रेष्ठ! जो अपने ऊपर विश्वास करने वाले पुरुष की पत्नी के साथ समागम करता है, जो गुरु पत्नी से सम्भोग करता है, जो नीच स्त्री से सम्बन्ध रखता है, जो शराबी है, जो पूज्य पुरुषों को भी मनमाना आदेश देने वाला है, जो ब्राह्मणों की आजीविका नष्ट करने वाला और उन्हें दास्यकर्मों में लगाने वाला है तथा जो शरणागतों को मारने वाला है, ये सब ब्रह्म-हत्यारे के समान हैं। इनके साथ सम्बन्ध तोड़कर प्रायश्चित करने का विधान वेदों में है ॥ 5/12-13 ॥

जब मनुष्य में वैर-बुद्धि कम थी, ऐसे प्राचीन समय में भी जुआ मनुष्यों में

वैर पैदा करने वाला देखा गया है। इस समय जब वैर-बुद्धि वैसे ही बहुत बढ़ी हुई है, तब तो जुआ की बुराई का कहना ही क्या? इसलिए बुद्धिमान व्यक्ति को हंसी-मजाक में भी जुआ नहीं खेलना चाहिए (अन्यथा प्रसन्नता की जगह आपस में कलह हो सकती है) ॥ 5/19 ॥

न्यायपूर्वक कमाये गये धन का दो प्रकार से दुरुपयोग होता है : (1) कुपात्र (अयोग्य) को दान देना और (2) सत्पात्र (योग्य) को दान न देना ॥ 1/64 ॥

दो प्रकार के मनुष्यों को गले में भारी पत्थर बांधकर समुद्र में डुबो देना चाहिए : (1) जो धनवान् होते हुए भी कंजूस हो (दान न देता हो) और (2) दरिद्र (निर्धन) होते हुए भी कष्ट सहने वाला न हो (कामचोर हो ॥ 1/65 ॥

कौन-सा दुर्गुण किसका नाश करता है यह बताते हुए कहा गया है कि बुढ़ापा रूप-सौन्दर्य को नष्ट कर देता है, आशा धैर्य को समाप्त कर देती है, मृत्यु प्राणों को नष्ट करती है, ईर्ष्या (निन्दा) धर्माचरण पर पानी फेर देती है, क्रोध शोभा-सम्पत्ति को नष्ट करती है, दुष्टों की संगति उत्तम स्वभाव का विनाश करती है, काम-वासना की आंधी लज्जा के दीपक को बुझा देती है और अभिमान सारे गुणों पर झाड़ू फेर देता है ॥ 3/51 ॥

पंडित कौन

जो व्यक्ति अपनी आत्मा और अपनी सामर्थ्य को जानता है, जो अपनी शक्ति के अनुसार ही कार्य करता है, जो दुःख और कष्टों को सहन कर लेता है, जो सदा ही धर्माचरण करता है और सांसारिक विषय जिसे अपनी ओर आकर्षित नहीं कर पाते, वस्तुतः ऐसा व्यक्ति ही पंडित है ॥ 1/20 ॥

जो व्यक्ति (यज्ञ, दान, तप आदि) उत्तम कर्मों का आचरण करने वाला है, चोरी, हिंसा सरीखे निन्दित कर्मों से दूर रहता है, जो नास्तिक नहीं है (अर्थात् ईश्वर, आत्मा आदि में विश्वास रखने वाला है) और श्रद्धावान् है, वही पंडित है ॥ 1/21 ॥

जो व्यक्ति क्रोध, प्रसन्नता, अभिमान, लज्जा, अहंकार, ढीठपना सरीखे दोषों से अपने कर्त्तव्य-कर्म से विचलित नहीं होता, इन सबको अलग (परे) रखता है, वही पंडित (ज्ञानी) कहलाता है ॥ 1/22 ॥

जिस व्यक्ति के भविष्य के कार्यक्रम में सर्दी-गर्मी, भय और प्रीति या सम्पत्ति और दरिद्रता आदि बाधा नहीं डाल सकते, ऐसा नरपुंगव ही पंडित कहलाता है (यहां शीत-गर्मी प्राकृतिक बाधाएं हैं, भयं और प्रीति मानसिक बाधाएं हैं और समृद्धि या गरीबी, साधन-सम्बन्धी बाधाएं हैं। इस प्रकार पंडितजन प्राकृतिक या मानसिक बाधाओं तथा साधनों के अभाव में भी भावी कार्यक्रम पूरा करके ही छोड़ते हैं) ॥ 1/24 ॥

जिस व्यक्ति की संसारपरायण अस्थिर बुद्धि भी धर्म और अर्थ के अनुकूल चलती है और जो विषय-वासना (या ऐहिक सुख) को त्याग कर धर्मरूपी प्रयोजन को स्वीकार करके जीवन में चलता है, वही पंडित कहलाता है ॥ 1/25 ॥

पंडित बुद्धि वाले व्यक्ति अपनी शक्ति को ध्यान में रखकर ही कार्य करने की इच्छा करते हैं और जितनी शक्ति होती है, उसके अनुसार ही कार्य करते हैं। ऐसे नर किसी वस्तु की उपेक्षा नहीं करते, किसी भी मनुष्य का तिरस्कार नहीं करते और न किसी को तुच्छ समझते हैं॥ 1/26॥

जो व्यक्ति विचार-संकेत से ही किसी बात को समझ लेता है, दसरों की बात धैर्य के साथ देर तक सनता रहता है' किसी बात को जानकर उसका अपने स्वार्थ की कामना से प्रयोग नहीं करता है, पराये काम में बिना पूछे अपनी टांग नहीं अड़ाता, ये सब पंडित की प्रमुख पहचान हैं॥ 1/27॥

जो व्यक्ति ऐसे पदार्थ की कामना नहीं करते जो दुर्लभ हो, जो नष्ट हो गई वस्तु के बारे में शोक नहीं करते और आपत्ति-विपत्ति आने पर घबराते नहीं हैं, वे मनुष्य ही पंडित बुद्धि वाले होते हैं॥ 1/28॥

जो अपनी शक्ति साधनों की सीमाओं को सोच-विचारकर कार्य आरम्भ करता है और अपने काम को बीच में ही नहीं छोड़ता (अर्थात् पूरा करके ही दम लेता है), जिसका समय व्यर्थ नहीं जाता (सप्रयोजन कर्म ही करता है) और जिसने इन्द्रियों को अपने वश में कर रखा है, वही पंडित कहलाता है॥ 1/29॥

जो अपना सम्मान होने पर फूलकर कुप्पा नहीं हो जाता और अपमान होने की स्थिति में दुःखी नहीं होता तथा गंगा सागर के समान जिसका मन गम्भीर एवं क्षुब्ध न होने वाला (अर्थात् शांत) है, वही वस्तुतः पंडित है॥ 1/31॥

जो मनुष्य सब भूतों के तत्त्व को (अर्थात् प्राणियों की क्षणभंगुरता अथवा भौतिक पदार्थों के विनाश भाव को) जानता है और जो सब कार्यों की विधि तथा कार्यों की सिद्धि के उपाय जानता है, वही पंडित माना जाता है॥ 1/32॥

जिसकी वाणी कभी कहीं रुकती नहीं है, शास्त्रों के रहस्यों का चतुर वक्ता है, जो सूझ-बूझ वाला है, प्रतिशा से युक्त है (हाजिर जवाब है), ग्रंथों के

उदाहरण देकर वार्ता करने में कुशल है (ग्रंथों का आशु वक्ता है), वही पंडित कहलाने का अधिकारी है ॥ 1/33 ॥

जिनका सुना हुआ (शास्त्र-ज्ञान) बुद्धि का अनुसरण करने वाला हो और जिसकी बुद्धि उस शास्त्र-ज्ञान के सत्य अर्थ के अनुकूल चलने वाली हो, जो श्रेष्ठ और धार्मिक पुरुषों की मर्यादाओं का उल्लंघन करने वाला न हो, वही पंडित कहलाता है ॥ 1/34 ॥

जो मनुष्य अत्यधिक धन-वैभव को अथवा विद्या, राज्य, स्वामित्वादि को पाकर भी निरभिमान होकर आचरण करता है, वही पंडित कहलाता है।

(महाभारत, उद्योग पर्व ॥ 33/40 ॥)

जो व्यक्ति अधिक धन-सम्पदा, विद्या अथवा राज्यादि ऐश्वर्य पाकर भी उद्धत व्यवहार नहीं करता (नम्रतापूर्वक ही व्यवहार करता है) वही पंडित कहलाता है ॥ 1/45 ॥

जैसे खान के पत्थरों से सोना निकाल लिया जाता है, उसी प्रकार पागल, असम्बद्ध बोलने वाले, बालक और बकवास करने वाले की बातों से सार ग्रहण कर लेना चाहिए। जैसे खेत कट जाने पर शिलाहारी एक-एक बाली को चुनकर अनाज इकट्ठा करता है, वैसे ही धीर पुरुष को उत्तम रीति से कहे गये पांडित्यपूर्ण वचनों, सूक्तियों और सत्कर्मों को संग्रह करते रहना चाहिए ॥ 2/32-33 ॥

हे भरतश्रेष्ठ! जो व्यक्ति अपने इष्ट (लक्ष्य) की सिद्धि में ही लगे हुए हैं, विशिष्ट जनों में आसक्त नहीं हैं, उनको मैं बुद्धिमान् मानता हूं क्योंकि विशिष्ट जनों की आसक्ति से उन्हें प्रसन्न करने वाले मूर्ख हैं, क्योंकि विशिष्ट जन फसावट के कारण होते हैं ॥ 6/43 ॥

बड़ों की आज्ञा का पालन करने वाला, नीति को जानने वाला, दानशील, यज्ञशेष (आश्रितों को खिलाकर) खाने वाला, हिंसा न करने वाला, बुरे कामों से दूर रहने वाला, कृतज्ञ, सत्यवादी और कोमल स्वभाव वाला विद्वान् होता है, वह स्वर्ग के समान सुख-साधनों से सम्पन्न होता है ॥ 5/14 ॥

बुद्धिमान्

बुद्धिमान् व्यक्ति वही है जो आवेश में आकर धर्म, अर्थ और काम विषयक कार्य आरम्भ नहीं करता, पूछे जाने पर सच्चाई दृढ़तापूर्वक कह देता है, थोड़े-से लाभ के लिए झगड़ा-टण्टा नहीं करता और यथेष्ट आदर न होने पर भी क्रोध नहीं करता ॥ 1/114 ॥

जो व्यक्ति बेढंगा वेश नहीं बनाता (अर्थात् अवसरानुकूल वस्त्र आदि धारण करता है), बलवान् होने पर भी अपने पराक्रम का बखान और दूसरों की निन्दा नहीं करता और क्रोध आने पर भी किसी के लिए कड़वा नहीं बोलता, ऐसे मनुष्य को सभी लोग सदा प्रेम करते हैं ॥ 1/116 ॥

जो ठण्डे पड़ चुके यानी समाप्त वैर-भाव को फिर से नहीं भड़काता, जो न तो अहंकारी है (गर्व करता है) और न अपने को हीन समझता है (यानी जो स्वाभिमानी है) तथा अपने को विपत्ति में पड़ा बतलाकर अधर्म कार्य भी नहीं करता, उसे भद्रजन श्रेष्ठ आचरण वाला मनुष्य कहते हैं ॥ 1/117 ॥

जो मनुष्य किसी की निन्दा नहीं करता बल्कि ईर्ष्या या क्रोध के स्थान पर दया करता है, किसी को दुर्बल जानकर विरोध नहीं करता, बढ़-बढ़कर बातें नहीं करता (शेखी नहीं बघारता) और विवाद को टाल जाता है ऐसे व्यक्ति की सब जगह प्रशंसा होती है ॥ 1/115 ॥

जो व्यक्ति अलग-अलग देशों के व्यवहारों, नियमों, भाषाओं और वहां रहने वाली जातियों के आचारों (धर्मों) को भली-भांति जानता है, वह बहुज्ञानी (विवेकी) होता है, वह कहीं भी चला जाए वहां के लोगों को अपने वश में करके उन पर राज्य करता है (सभी उसका आदर-सम्मान करते हैं) ॥ 1/119 ॥

जो व्यक्ति पाखण्ड, मोह, मत्सरता, पाप-कर्म (धर्म-परायण) राजा के साथ वैर, चुगली की आदत, जनसमुदाय से दुश्मनी, मत्त, उन्मत्त और दुर्जनों से वाद-विवाद सरीखे दुर्गुण त्याग देता है, वही पुरुष श्रेष्ठ व्यक्ति कहलाता है ॥ 1/120 ॥

जो व्यक्ति दान देने, अंदर-बाहर की पवित्रता, यज्ञादि करना, शुभ कर्मों का अनुष्ठान, प्रायश्चित, विविध प्रकार के लोक व्यवहार आदि नित्य करने योग्य कार्यों को करता है, उसे देव तथा दिव्य-शक्तियां उन्नति की ओर अग्रसर करती हैं ॥ 1/121 ॥

जो बुद्धिमान व्यक्ति अपने बराबर वालों के साथ ही विवाह-सम्बन्ध करता है, हीनों के साथ नहीं; जो बराबर के लोगों के साथ ही मित्रता, लोक-व्यवहार एवं बातचीत करता है और जो अपने से श्रेष्ठ गुणों वाले को आगे रखता है (यानी नेता बनाता है), उसी व्यक्ति की नीतियां उत्तम होती हैं (सफल होती हैं) ॥ 1/122 ॥

जो अपने आश्रित लोगों (सेवकों आदि) को यथायोग्य बांटने के बाद स्वयं अल्प मात्रा में ही भोजन-वस्त्र आदि का उपयोग करता है जो बहुत कार्य (कठोर परिश्रम) करके भी थोड़ा सोता है और मांगने पर शत्रु को भी मांगी हुई वस्तु देता है, ऐसे श्रेष्ठ व्यक्ति के पास आपत्तियां, कष्ट और दुख कभी नहीं फटकते (उसकी सदा उन्नति होती है) ॥ 1/123 ॥

जो व्यक्ति सभी प्राणियों को सुख पहुंचाने में लगा हुआ हो, जो सच बोलने वाला, कोमल स्वभाव का, दूसरों का आदर करने वाला और पवित्र विचारों वाला होता है, वह अपने वर्ग में उसी प्रकार उत्तम माना जाता है, जिस प्रकार खान से निकली चमकदार महामणि ॥ 1/125 ॥

जिस व्यक्ति के सोचे हुए कार्य और विरुद्ध किये गये कार्यों की दूसरे लोगों को भनक भी नहीं लगती और जिसके गुप्त विचार के विषय में कार्य के भली-भांति पूरा होने पर ही दूसरे लोग जान पाते हैं पहले नहीं), ऐसे व्यक्ति का कोई कार्य तनिक भी नहीं बिगड़ता र्थात् उसके सब काम भली-भांति पूरे होते हैं ॥ 1/124 ॥

जो व्यक्ति दूसरों के बताये बिना ही अपनी भूल जानकर लज्जित अनुभव करे, वह सारे लोगों का गुरु बन सकता है। वह महातेजस्वी, प्रसन्नचित्त, शुद्ध हृदय और स्थिर बुद्धि वाला व्यक्ति अपने गुणों के तेज से सूर्य की तरह चमकता है॥ 1/126॥

धीर पुरुष वही है जो दीन-हीन व्यक्ति की भी उपेक्षा या अनादर नहीं करता, जो सदा सावधान होकर शत्रु से भी बुद्धिमत्ता से पेश आता है, बलवान् से लड़ाई-बखेड़ा नहीं चाहता और समय आने पर अपने जौहर दिखाता है॥ 1/111॥

जो व्यक्ति आपत्ति आ पड़ने पर कभी दुखी नहीं होता बल्कि असावधानी छोड़कर हमेशा उद्योग (कोशिश) करता रहता है और समय आ पड़ने पर दुख भी सहन कर लेता है, वही धुरंधर व्यक्ति अभीष्ट कार्य सिद्ध कर पाता है। ऐसे व्यक्ति के शत्रु तो सहज ही पराजित हो जाते हैं अर्थात् वह शत्रुओं को जीत पाता है॥ 1/112॥

बुद्धिमान् व्यक्ति को चाहिए कि वह मूर्ख लोगों से व्यर्थ का झगड़ा-टंटा न करे। निरर्थक कलह छोड़ देने से उसे संसार में यश तो मिलता ही है, वह विपत्तियों में भी नहीं फंसता॥ 6/30॥

जो व्यक्ति बिना काम के घर से दूर नहीं जाता, पापियों के साथ सम्पर्क नहीं रखता, परस्त्री-गमन नहीं करता, दम्भ, चोरी, दूसरों के दोष नहीं निकालता और मदिरापान नहीं करता, वह सदा ही सुखी रहता है॥ 1/113॥

(संसार के सभी भोग अंततः छूट ही जाने वाले हैं, ऐसा समझकर) जो बुद्धिमान् व्यक्ति जिस-जिस विषय से निवृत्त (छूटता) होता जाता है, उस-उसके संग-दोष से उसका छुटकारा होता जाता है। धीरे-धीरे सब विषयों को छोड़ देने पर उसे नाममात्र का भी दुःख नहीं होता। (अर्थात् विषयों को छोड़ देना ही सच्चा सुख पाने का मार्ग है।)॥ 4/14॥

बुद्धिमान् व्यक्ति गुप्त रहस्यों को प्रकट करने वाले इन छः साधनों को जाने-समझे और सम्पत्ति में निरंतर वृद्धि की कामना करने वाले को सदा इनसे बचना चाहिए : (1) अहंकार अथवा मादक द्रव्यों से उत्पन्न होने वाली

चित्त की जड़ता, (2) निद्रा या असावधानी, (3) शत्रु के गुप्तचरों के विषय में अज्ञान, (4) अपने ही मुखादि अंगों पर आये अनजाने हाव-भाव, (5) दुष्ट मन्त्रियों पर विश्वास और (6) मूर्ख दूतों पर विश्वास ॥ 7/36-37 ॥

मनुष्य को चाहिए कि वह न तो किसी की स्वयं निन्दा अथवा अत्युक्ति करे और न किसी दूसरे से कराये। स्वयं चोट खाकर भी उन पर चोट न करे और न दूसरों से चोट करवाये। जो पापी को भी मारना नहीं चाहता, ऐसे मनुष्य का देवलोक में जाने पर देवता भी स्वागत करने के इच्छुक होते हैं। देवता भी उससे स्पृहा करते हैं ॥ 4/11 ॥

हे धृतराष्ट्र! दस प्रकार के ये लोग धर्म के तत्त्व को नहीं जानते : (1) नशे में चूर, (2) विषयासक्त मन वाला प्रमत्त, (3) पागल, (4) थका हुआ, (5) क्रोध में उबलता हुआ, (6) भूख से पीड़ित, (7) जल्दबाज, (8) लोभी, (9) डरा हुआ और (10) काम-वासना के वशीभूत। इसलिए बुद्धिमान व्यक्ति को इनसे लगाव नहीं रखना चाहिए ॥ 1/106-107 ॥

समस्त भूमण्डल में जितना चावल, अन्न, सोना (धन), पशु और स्त्रियां हैं, वे सब एक लालची के लिए भी पर्याप्त नहीं हैं (अर्थात् लालची को कितना भी प्राप्त हो जाए, उससे वह सन्तुष्ट नहीं होता), इसे समझने के कारण बुद्धिमान् मोह (लोभ) में नहीं फंसता ॥ 7/83 ॥

किसी धुनर्धारी वीर का छोड़ा गया बाण किसी को मारे अथवा न भी मारे (यानी उसका तीर निष्फल भी जा सकता है), किन्तु बुद्धिमान् द्वारा छोड़ी गई (अर्थात् प्रयोग की गई) बुद्धि (किसी के नाश की युक्ति) राजा सहित सारे राष्ट्र का विनाश कर देती है ॥ 1/48 ॥

मनुष्य की कोटियां

जो व्यक्ति सबका भला चाहता है, किसी के अकल्याण का विचार तक नहीं करता, सत्यवादी, कोमल स्वभाव वाला और जितेन्द्रिय है, उसे उत्तम कोटि का मनुष्य कहते हैं॥ 4/16॥

जो व्यक्ति दूसरों को झूठी सांत्वना नहीं देता है (मैं तुम्हारे लिए यह करूंगा, वह करूंगा, ऐसा नहीं कहता), जो देने का वचन देता है उसे पूरा करता है, प्रतिज्ञा का पालन करता है, दूसरों की कमियों को जानकर भी उसे हानि नहीं पहुंचाता, वह पुरुष मध्यम कोटि का (उत्तम कोटि से नीची कोटि का) होता है॥ 4/17॥

जिसको नियंत्रण में रखना कठिन हो, जो भाग्यहीन हो। जिसकी सभी निन्दा करते हों, जो क्रोध के वश में फंसा अपनी कुटिलता नहीं छोड़ पाता हो, जो कृतघ्न (अहसान न मानने वाला) हो, जो किसी का मित्र नहीं, दुरात्मा है, ऐसा व्यक्ति अधम कोटि का प्राणी है। (उक्त लक्षण अधम पुरुष के हैं।)॥ 4/18॥

जिसे शुभ कर्मों में विश्वास नहीं होता और अच्छे व्यक्तियों से भी अपने विषय में सशंकित रहता है (किसी का विश्वास नहीं करता) और मित्रों का परित्याग कर देता है, वह निश्चय ही नीच मनुष्य है॥ 4/19॥

जो व्यक्ति न तो दूसरों से हारता है और न दूसरों को हराना चाहता है, न वह किसी से वैर करता है और न किसी को मारता है; निन्दा या प्रशंसा होने पर दोनों स्थितियों में समभाव रहता है। (निन्दा होने पर दुःखी या प्रशंसा होने पर सुखी नहीं होता) ऐसा द्वंद्वातीत व्यक्ति सुख-दुःखों से ऊपर उठ जाता है (यही निर्वाणावस्था है और इसे ही ब्रह्मभाव की प्राप्ति कहा गया है।) ॥4/15॥

मनुष्य को चाहिए कि आयु के प्रथमार्द्ध में ही (यानी यौवन काल तक) ऐसे कार्य कर ले, जिससे वृद्धावस्था में सुखपूर्वक रह सके और जीवन-भर ऐसे कर्म करने चाहिए, जिससे मरने के बाद परलोक में सुखपूर्वक रह सके॥ 3/69॥

मनुष्य को चाहिए कि वह दिन में ही ऐसा कार्य कर ले जिससे रात में आराम से सो सके, किसी प्रकार की चिन्ता न रहे। इसी प्रकार वर्ष के आठ महीनों में ऐसा पुरुषार्थ कर ले, जिससे वर्षा ऋतु के चार महीनों में सुखपूर्वक रह सके (अर्थात् आठ महीनों में उन सब चीजों को इकट्ठा कर ले, जो वर्षा ऋतु में मिलनी मुश्किल होती है)॥ 3/68॥

जो व्यक्ति शूरवीर हो, विद्या पढ़ा हुआ तथा अनुभवी हो और राजा आदि की यथोचित सेवा करना जानता हो, ऐसे तीन प्रकार के मनुष्य ही धन-धान्य से पूर्ण इस पृथ्वी का सुख भोग सकते हैं॥ 3/75॥

बोलने की अपेक्षा मौन रहना अच्छा है। मौन से भी श्रेष्ठ सत्य बोलना है। सत्य के साथ प्रिय बोलना सत्य बोलने से भी अच्छा है और सत्य एवं प्रिय वचन के साथ-साथ धर्मयुक्त बात कहना सबसे अच्छा है॥ 4/12॥

व्यक्ति जैसा बनना चाहता है, वैसा बन जाता है। वह जैसा बनना चाहता है, वैसे ही लोगों के साथ उठता-बैठता है और इस संगत के कारण जैसा होना चाहता है, वैसा ही हो जाता है। (व्यक्ति जैसा बनना चाहता है, वैसा संकल्प करके प्रचण्ड पुरुषार्थ करे और वह पुरुषार्थ के अनुसार लोगों की संगत करे।)॥ 4/13॥

बिना कारण ही क्रुद्ध हो जाना और अकारण ही प्रसन्न हो जाना असत्पुरुषों के लक्षण हैं जो चंचल मेघ के समान कहीं बरसते और कहीं सूखा डाल देते हैं (ऐसे लोगों का कोप और प्रसन्नता दोनों ही व्यर्थ होते हैं।)॥ 4/41॥

जो व्यक्ति अन्याय से नष्ट हुए धन को स्थिर बुद्धि के सहारे उत्तम नीति से दुबारा पाने की इच्छा करता है, वह वीर पुरुष के व्रत का आचरण करता है॥ 7/53॥

जंगलों में, वन के दुर्गम स्थानों, कठिन आपत्तियों में, युद्ध आदि की हलचल में, मारने के लिए उठे शस्त्रों को देखकर भी मनोबल वाले शक्तिशाली पुरुषों को भय नहीं होता ॥ 7/67 ॥

मित्रता

वह मित्र मित्र नहीं, जिसके कोप से व्यक्ति डरे और जिसके साथ सदा शंकित होकर व्यवहार किया जाए। (पता नहीं, इससे कहीं वह नाराज न हो उठे) मित्र वही होता है, जिस पर पिता के समान विश्वास किया जा सके। बाकी लोग तो सिर्फ 'साथी' कहलाने योग्य ही होते हैं ॥ 4/37 ॥

उपकार को मानने वाला (कृतज्ञ), धार्मिक वृत्ति वाला, सच्चा, उदार, स्थिर प्रीति वाला, संयमी, मर्यादा में रहने वाला और आपत्ति में भी साथ निभाने वाला मित्र ही अभीष्ट मित्र कहलाने योग्य होता है ॥ 7/50 ॥

जो किसी प्रकार का सम्बन्ध न रहते हुए भी, मित्रभाव से व्यवहार करता है, वही वास्तव में बंधु होता है, वही आश्रय रूप होता है अर्थात् ऐसे व्यक्ति से ही आवश्यकता के समय सहयोग मिल पाता है ॥ 4/38 ॥

हे राजन्! संसार में प्रिय बोलने वाले (खुशामदी) लोग तो आसानी से मिल जाते हैं, लेकिन अप्रिय किन्तु पथ्य के समान हितकारी वचन कहने और सुनने वाले दोनों ही दुर्लभ हैं ॥ 5/15 ॥

धन होने या न होने पर भी मित्र का आदर-सत्कार मनुष्य को करना चाहिए। मित्रों से कुछ न चाहकर मित्रों को सदैव लाभदायक ही माने और मित्रों के सार-असार (यानी उपयोगिता) की कभी परीक्षा न करे ॥ 4/43 ॥

जो व्यक्ति राजा को प्रिय लगेगा या अप्रिय लगेगा–इसकी चिन्ता छोड़कर, अप्रिय होने पर भी धर्मानुकूल हित की बात करता है, वही व्यक्ति वास्तव में राजा का सच्चा मित्र होता है ॥ 5/16 ॥

बुद्धिमान् पुरुष मननपूर्वक परीक्षा करके और अपनी बुद्धि (या अनुभव) द्वारा कार्य की उपयुक्तता का निश्चय करके, अन्य लोगों से सुन-समझकर,

स्वयं देखकर और विशेष रूप से जानकारी प्राप्त करने के बाद ही बुद्धिमानों के साथ मित्रता का व्यवहार करे ॥ 7/41 ॥

जो व्यक्ति चचंल चित्त वाला है, ज्ञानवृद्ध एवं वयोवृद्ध लोगों का संग नहीं करता और अस्थिर मति वाला है, उसका मित्र वर्ग भी अस्थिर ही रहता है (अर्थात् ऐसा व्यक्ति जिन्हें आज मित्र समझता है, कल उन्हीं को शत्रु समझने लगता है) ॥ 4/39 ॥

विद्वानों के सेवक, विद्वान, धार्मिक वृत्ति, दर्शन मात्र से प्रसन्नता प्रदान करने, अच्छे मित्रों वाले और मधुरभाषी मित्र की सब प्रकार से रक्षा करनी चाहिए ॥ 7/45 ॥

जिन दो व्यक्तियों का चित्त के साथ चित्त, गुप्त रहस्य के साथ गुप्त रहस्य तथा बरि बुद्धि के साथ बुद्धि मिल जाती है (या मेल खाती है), उनकी मित्रता अटूट होती है ॥ 7/47 ॥

बुद्धिमान् व्यक्ति को चाहिए कि वह विपरीत बुद्धि वाले (मूर्ख) और विवेकहीन पुरुषों को तिनकों के साथ ढके हुए कुएं के समान छोड़ दे क्योंकि उनके साथ की हुई मित्रता नष्ट हो जाती है ॥ 7/48 ॥

विद्वान मनुष्यों को चाहिए कि वह अहंकारी, दुस्साहसी (पापाचरण में लिप्त), मूर्ख, क्रोधी, विवेकशून्य और धर्मरहित व्यक्तियों के साथ मित्रता न करे ॥ 7/49 ॥

जो लोग मित्रों से सत्कार पाकर और अपना उद्देश्य सफल करके भी मित्र का हित नहीं करते, ऐसे कृतघ्नों के मरने पर गिद्ध भी उनका मांस नहीं खाते ॥ 4/42 ॥

मित्रता समाप्त हो जाने पर नीच मनुष्यों का प्रेम-भाव भी समाप्त हो जाता है; उस मित्रता से प्राप्त हुआ फल और उसका सुख भी नष्ट हो जाता है। वह नीच व्यक्ति मित्र की निन्दा करता है और उसे नष्ट करने के लिए यत्न करता है। जो थोड़े-से अपकार हो जाने पर शांत नहीं होता, ऐसे नीच, कठोर एवं दुष्ट मनुष्य की संगति को बुद्धिमान व्यक्ति को दूर से ही नमस्कार कर लेना

चाहिए (अर्थात् छोड़ देना चाहिए) ॥ 7/14-16 ॥

जो व्यक्ति पहले मित्र के रूप में अपनी मंत्रणाओं में सम्मिलित होता था, परंतु बाद में शत्रुओं से मिल गया हो या कुसंगति में फंस गया हो, उसका बुद्धिमान् व्यक्ति को तिरस्कार नहीं करना चाहिए और उससे यह भी नहीं कहना चाहिए कि 'मैं तुम पर विश्वास नहीं करता।' ऐसे लोगों से कोई-न-कोई सकारण बहाना करके बचना ही चाहिए ॥ 5/29 ॥

व्यक्ति चाहे उत्तम कुल में जन्मा हो, चाहे अधम कुल में, यदि वह मर्यादा का उल्लंघन नहीं करता, धर्म के अनुसार आचरण करता हो, कोमल स्वभाव वाला हो और लज्जाशील हो तो वह सैकड़ों उत्तम कुल में जन्मे लोगों (कुलीनों) से श्रेष्ठ है ॥ 7/46 ॥

मूर्ख कौन

जिस व्यक्ति को बिल्कुल शास्त्रज्ञान न हो, फिर भी अत्यधिक घमण्डी हो, जो दरिद्र होकर भी बड़ी-बड़ी अभिलाषाएं करता हो, जो बिना कर्म किए अनुचित कार्यों से धन प्राप्त करना चाहता हो, ज्ञानी जन ऐसे व्यक्ति को मूर्ख कहते हैं॥ 1/35 ॥

जो मनुष्य अपने ऐश्वर्य को छोड़कर दूसरे के धन के पीछे दौड़ता है और जो अपने मित्र के साथ भी मिथ्या (या कपट का) व्यवहार करता है, वह मूढ़ (मूर्ख) कहलाता है॥ 1/36 ॥

जो पुरुष अपने को न चाहने वालों को चाहता है और चाहने वालों को नहीं चाहता (या छोड़ देता है) और जो बलवान से द्वेष करे, उसे मुर्ख कहते हैं। (यहां विदर का संकेत है कि कर्ण आदि जो लोग तुम्हारे प्रति भक्ति नहीं रखते, उनको दुर्योधन चाहता है और जो पांडव तुम्हारे प्रति भक्ति रखते हैं उनको नहीं चाहता तथा बलवान् युधिष्ठिर से द्वेष करता है।)॥ 1/37 ॥

जो मित्र बनने के अयोग्य व्यक्ति को मित्र बनाता है और मित्र बनने योग्य व्यक्ति से द्वेष और विश्वासघात करता है (नाश करता है) तथा दुष्टतापूर्ण कर्म करता है, वह मूर्ख माना गया है॥ 1/38 ॥

हे भरतकुलश्रेष्ठ! जो व्यक्ति अपने कार्यों को फैलाता है (अर्थात् अपने भावी कार्यक्रम का सर्वत्र प्रचार करता है या स्वयं कार्य न करके नौकरों से करवाता है), सबके ऊपर संदेह करता है और शीघ्र करने योग्य कार्यों में अनावश्यक विलम्ब करता है, वह मूर्ख कहलाता है॥ 1/39 ॥

जो व्यक्ति अपने पितरों (माता-पिता आदि पुरखों) को अन्न, पान, वस्त्र आदि नहीं देता, देवताओं (चेतन देवता यानी ब्राह्मण, संन्यासी, आचार्य,

अतिथि आदि का तथा जड़ देवता यानी वायु और अग्नि आदि) का होम द्वारा सत्कार एवं उपकार नहीं करता तथा शुद्ध हृदय वाले स्नेही मित्र प्राप्त नहीं करता, उसे मूर्ख कहते हैं। जो इनसे लाभ उठाता हुआ, बदले में इन्हें कुछ नहीं देता, वह वस्तुतः मूर्ख है ॥ 1/40 ॥

जो मनुष्य किसी के घर अथवा सभागोष्ठी में बिना बुलाये ही घुस जाता है, किसी से पूछे बिना अनावश्यक रूप से बहुत बोलता है और अविश्वसनीय लोगों का विश्वास करता है, वह मनुष्यों में निकृष्ट, नराधम और मूर्ख माना गया है ॥ 1/41 ॥

जो व्यक्ति स्वयं दूषित आचरण करता है और दूसरों की, उसी दोष के कारण (जिसका वह शिकार है) निन्दा करता है और जो असमर्थ होते हुए भी क्रोध करता है, वह महामूर्ख माना जाता है ॥ 1/42 ॥

जो मनुष्य अपनी शक्ति को बिना विचारे धर्म और अर्थ से रहित, प्राप्त न कर सकने वाले (अलभ्य) ऐश्वर्य (या पदार्थों) को पुरुषार्थ (यत्न) किये बिना ही पाना चाहता है, वह इस संसार में मूर्ख ही कहलाता है ॥ 1/43 ॥

हे विचित्रवीर्य के पुत्र! हे श्रेष्ठ राजन्! स्वयंभू के पुत्र महर्षि मनु ने (आगे वर्णित) सत्रह प्रकार के व्यक्तियों को ऐसा मूर्ख कहा है जो मुट्ठियों से पीटकर आकाश गिराने, मेघों में दिखने वाले (न झुकाये जा सकने वाले) इंद्रधनुष को झुकाने और सूर्य-चंद्र की (न पकड़ी जा सकने वाली) किरणों को पकड़ने की बात करते हैं (यत्न करते हैं) ॥ 5/1-2 ॥

(1) जो शासन न किये जा सकने वाले पर शासन करना चाहता है, (2) जो थोड़े-से ही लाभ से सन्तुष्ट हो जाता है, (3) जो मर्यादा को तोड़कर भी शत्रु की सेवा करता है, (4) जो रक्षण के अयोग्य स्त्रियों की रक्षा करता है (और इस शत्रु-सेवा एवं स्त्री-रक्षा से कल्याण चाहता है), (5) जिससे मांगना नहीं चाहिए (कजूंस आदि) उससे मांगता है, (6) आत्म प्रशंसा करता है, (7) जो कुलीन होकर भी नीच कर्म करता है, (8) जो निर्बल (या सेना रहित) होकर भी बलवान के साथ वैर रखता है, (9) जो श्रद्धाहीन को उपदेश देता है, (10)

जो कामना न करने योग्य वस्तु की कामना करता है, (11) जो ससुर होकर पुत्रवधू के साथ गंदे हास-परिहास करता है, (12) जो वधू के माता-पिता आदि की सहायता से रक्षा पाकर (ससुराल के बल पर) समाज में अपनी प्रतिष्ठा चाहता है, (13) जो दूसरे के खेत में बीज बोता है या परस्त्रीगामी है, (14) जो मर्यादा तोड़कर स्त्री की निन्दा करता है, (15) जो किसी से धन या वस्तु लेकर भी कहे कि मुझे स्मरण नहीं है, (16) जो मांगने पर दान तो दे दे किन्तु उसका ढिंढोरा पीटता फिरे और (17) जो असत् पुरुष को श्रेष्ठ बतावे अथवा झूठ को सत्य सिद्ध करने का प्रयास करे, हे राजन्, इन सत्रह प्रकार के लोगों को यम के दुत नरक में ले जाते हैं॥ 5/3-6॥

हे भरतश्रेष्ठ राजन्! मूर्ख लोग ही सदा विद्या, शील, आयु, बुद्धि, धन (समृद्धि) में श्रेष्ठ और कुलीन पुरुषों का अपमान करते हैं॥ 6/33॥

हे भरतकुलभूषण! अवसर के प्रतिकूल वचन कहने वाला चाहे देवगुरु बृहस्पति के समान महाविद्वान् ही क्यों न हो, बुद्धिहीन कहा जाता है और अपमान को प्राप्त होता है॥ 7/2॥

मूर्ख वृक्ष से कच्चे फलों को तोड़ लेता है, उसे फलों का रस तो मिलता ही नहीं है, उसका बीज भी नष्ट हो जाता है। परंतु बुद्धिमान् व्यक्ति पके हुए फलों का प्रयोग करके उनका रस भी प्राप्त करता है और आगे चलकर बीज से पुनः फल भी पा सकता है॥ 2/15-16॥

दुष्ट मनुष्य में, गुणों में दोष न देखने की वृत्ति, सरलता, पवित्रता, संतोष, प्रिय भाषण, इन्द्रियों एवं मन पर काबू रखने, सत्य बोलने और सहिष्णु होने के गुण नहीं होते॥ 2/72॥

हे भरतश्रेष्ठ! सभी लोगों को अपने जैसा आत्मवत् समझना, चंचलता का अभाव, सहनशीलता (सुख-दुःख, लाभ-हानि, जय-पराजय, स्तुति-निन्दा, मान-अपमान सह लेना) धर्म में लगन, व्यर्थ बकवास न करके संयत वाणी बोलना और दानशीलता सरीखे गुण नीच मनुष्यों में नहीं पाये जाते॥ 2/73॥

मूर्ख व्यक्ति ज्ञानी लोगों के साथ कड़ुआ बोलकर तथा निन्दा करके कष्ट पहुंचाते हैं। कठोर वचन कहने वाला पाप का भागी होता है और उन्हें क्षमा करके उन वचनों को सहने वाला बुद्धिमान् दुख से मुक्त रहता है॥ 2/74॥

दुष्ट पुरुषों का बल हिंसा होता है, राजा का बल अपराधियों को दण्ड देना होता है, परिवार-जनों की सेवा स्त्रियों का बल होता है और क्षमाशीलता गुणी लोगों का बल होता है॥ 2/75॥

राजा के गुण-कर्त्तव्य

हे राजन्! जो व्यक्ति अपनी वर्तमान स्थिति राज्यादि की वृद्धि और कमी को जानता है, जो सन्धि-विग्रह आदि छः गुणों के स्वरूप को गहराई से जानता है और जिसके हृदय के भाव दूसरों की समझ में भी नहीं आते, जिसके शील की सब प्रशंसा करते हैं, ऐसा ही व्यक्ति राज्य को अधीन रख पाता है॥ 6/24॥

राजा को चाहिए कि वह राजा कहलाकर और राजछत्र धारण करके ही सन्तुष्ट रहे, राजकर्मचारियों एवं प्रजा के साथ मिलकर राज्य का ऐश्वर्य भोगे (अकेला ही ऐश्वर्य न भोगे) जो राजा अकेले ही राज-ऐश्वर्य भोगता है, उसके कर्मचारी ही उसके शत्रु बन जाते हैं और उसे नष्ट कर देते हैं॥ 6/26॥

राजा को चाहिए कि वह पूजनीय विद्वानों, ब्राह्मणों, राजाओं, बूढ़ों, बच्चों और दुखियों पर आने वाले क्रोध को प्रयत्नपूर्वक रोके अर्थात् इन सब पर क्रोध न करे॥ 6/29॥

जिस राजा का क्रोध और प्रसन्नता निरर्थक नहीं होती अर्थात् जो क्रुद्ध होने पर दण्ड दे सकता है और प्रसन्न होने पर पुरस्कार देने में समर्थ होता है, जो स्वयं किये गए कार्यों की फिर से जांच-पड़ताल करता है, जिसे अपने कोष का भली प्रकार ज्ञान है, उसकी पृथ्वी उसे राज्य-धन और ऐश्वर्य देने वाली होती है। अर्थात् ऐसे गुण वाला राजा ही चिरकाल तक राज्य कर सकता है॥ 6/25॥

जो राजा दयापूर्ण दृष्टि से, हित-चिन्तन करके, मधुर वाणी और दान आदि कर्मों से प्रजा को प्रसन्न रखता है, प्रजा भी ऐसे राजा को प्रसन्न रखती है॥ 2/25॥

जो राजा अपने मन को जीते बिना मंत्रियों को जीतना चाहता है तथा मन्त्रियों को वश में किये बिना शत्रु को जीतना चाहता है, वह अजितेन्द्रिय राजा नष्ट हो जाता है ॥ 2/56 ॥

जो व्यक्ति अपने मन पर नियंत्रण रखता है, जो अपराध करने वालों को दण्डित करता है और बिना विचारे कोई कार्य नहीं करता, ऐसे धैर्यवान् की लक्ष्मी सदा चेरी रहती है, वह सदैव ऐश्वर्यशाली बना रहता है ॥ 2/58 ॥

हे राजन्! जो राजा ब्राह्मण के आदर-सत्कार में संलग्न, दानशील, सम्बन्धियों के साथ सरल व्यवहार करने वाला और शीलवान् होता है, वह चिरकाल तक शासन करता है (उसका राज्य नष्ट नहीं होता) ॥ 3/74 ॥

जो राजा काम और क्रोध के वशीभूत नहीं होता, जो योग्य व्यक्ति को दान देता है, जो काम के ऊंच-नीच को समझता है, जो विद्वान और कार्य को योग्यतापूर्वक शीघ्र पूरा करने वाला है, उसे सब सम्मान देते हैं, प्रणाम करते हैं ॥ 1/109 ॥

जो राजा अपने किलों की हालत, लाभ-हानि, राजकोष, देश, सेना तथा राज्य-व्यवस्था आदि के विषय में ठीक-ठीक और पूरी जानकारी नहीं रखता, उसका राज्य नष्ट हो जाता है। इसके विपरीत जो राजा अपने किलों, सेना तथा राजकोष की सही-सही जानकारी रखता है और धर्म-अर्थ तथा ज्ञान में भी यत्नपूर्वक लगा रहता है, वह राज्य को प्राप्त करता है (उसका राज्य बना ही नहीं रहता, बल्कि बढ़ता भी है) ॥ 2/10-11 ॥

राजा को चाहिए कि वह धर्म, कार्य और अर्थ-सम्बन्धी कार्यों के विषय में काम करने से पहले कुछ भी प्रकट न होने दे। केवल किये हुए कार्यों को ही प्रकट होने दे। ऐसा करने से उसके गुप्त विचार किसी को भी ज्ञात नहीं हो पाते ॥ 6/16 ॥

जैसे भौंरा फूलों को हानि पहुंचाये बिना उनसे रस ग्रहण करता है उसी प्रकार राजा को चाहिए कि वह प्रजा को पीड़ा पहुंचाये बिना ही उससे धन (कर) प्राप्त करे। (अर्थात् कर की मात्रा थोड़ी होनी चाहिए और उसकी वसूली

भी सरल एवं सम्मानित ढंग से होनी चाहिए।) ॥ 2/19 ॥

जैसे माली बगीचे से एक-एक फूल चुनता है, पूरे पौधे (वृक्ष) को कोयला बनाने वाले की तरह जड़ से नहीं काट डालता, उसी प्रकार राजा प्रजा से रक्षापूर्वक कर प्राप्त करे। प्रजा को नष्ट ही न कर डाले ॥ 2/18 ॥

महाशक्तिशाली राजा के लिए जो भी चार कर्म त्यागने योग्य माने गये हैं, उन्हें बुद्धिमान् राजा को अवश्य जान-समझ लेना चाहिए। उसे चाहिए कि वह अल्पज्ञान वालों (मूर्खों), किसी कार्य को अकारण विलम्ब से करने वालों (दीर्घसूत्रियों), विचारशून्य जोशीली बातें करने वालों और झूठी-सच्ची प्रशंसा करते रहने वालों से यानी चापलूसों से परामर्श न करें ॥ 1/74 ॥

जिस राजा की प्रजा उससे उसी तरह डरती है, जैसे शिकारी से हिरन, ऐसा राजा सारी पृथ्वी का राज्य हासिल करके भी नष्ट हो जाता है ॥ 2/26 ॥

राजा को उस वृक्ष की भांति होना चाहिए जो फूलों से लदा हो परंतु फलों से रहित हो। जब फल हो तो उस पर चढ़ा न जा सके (अर्थात् वह सेवकों को अनुग्रह दिखाता तो लगे, किन्तु सेवकों के वश में न हो), वह कच्चा (बलहीन) होने पर भी पक्के के समान दिखे (बलवान् की तरह व्यवहार करे)। ऐसा राजा कभी नष्ट नहीं होता ॥ 2/24 ॥

राजा को स्त्रियों में आसक्ति, जुआ खेलना, शिकार खेलना, शराब पीना, कठोर भाषण करना, अत्यन्त कठोर दण्ड देना और धन का दुरुपयोग करना-दुखों के जन्म देने वाले ये सात दोष सदा के लिए छोड़ देने चाहिए क्योंकि इन दोषों के कारण बलवान राजा भी नष्ट हो जाते हैं ॥ 2/97-97 ॥

अपने पिता या पितामह से राज्य मिलने पर राजा यदि अनीति के साथ राज्य-संचालन करता है, तो वह उसी प्रकार अपने कर्मों से राज्य को नष्ट कर देता है, जैसे हवा चलने पर आकाश में बरसने वाले बादल फट जाते हैं ॥ 2/27 ॥

राजा को चाहिए कि वह धर्मपूर्ण उपायों से राज्य प्राप्त करे और धार्मिक साधनों से ही उसकी रक्षा भी करे। इस प्रकार धर्ममूलक राज्यलक्ष्मी से प्राप्त ऐश्वर्य को न तो राजा छोड़ता है और न वह ऐश्वर्य उस राजा को छोड़ता है॥ 2/31॥

राजा को चाहिए कि वह शत्रु राष्ट्र को हराने के लिए जो धन या साधन लगाता है, उन्हें उसमें न लगाकर अपने राष्ट्र के पालन-पोषण और रक्षण में लगाना चाहिए॥ 2/30॥

जो सेवक आलस्य रहित, स्वामी के अभिप्राय को संकेत मात्र से जानकर कार्य को सम्पन्न कर देता है, हितकारी वचन बोलने वाला, स्वामिभक्त, सज्जन और अपनी शक्ति को भली-भांति जानने वाला हो, उस पर अपने समान अनुकम्पा करनी चाहिए अर्थात् उसके साथ आत्मवत् व्यवहार करना चाहिए॥ 5/25॥

जो राजा आक्रमण करने वाले (या शत्रु) से युद्ध भी नहीं करता और ब्राह्मण (या संन्यासी) भ्रमण नहीं करता तो भूमि उसे उसी प्रकार निगल लेती है (नष्ट कर देती है) जिस प्रकार सर्प बिल में रहने वाले चूहों आदि को खा जाता है। (एक स्थान पर रहने वाले संन्यासी को राग-मोह वशीभूत कर सकते हैं जिससे वह कर्मच्युत हो सकता है।)॥ 1/58॥

नये राज्य आदि की प्राप्ति की इच्छा और गुप्त मंत्रणा को गोपनीय रखने का भार मंत्री पर होता है। जिस राजा के धर्म, अर्थ और काम-सम्बन्धी सभी कार्यों की जानकारी उसके सभासदों को भी काम पूरा हो जाने पर होती है, ऐसे गूढ़ मंत्र और विश्वस्त मंत्री वाले राजा को अवश्य ही सफलता मिलती है॥ 6/19-20॥

जिसकी गुप्त मंत्रणा को उसके शत्रु और मित्र कोई भी नहीं जान पाता, ऐसा राजा ही चिरकाल तक आदि ऐश्वर्य को भोगता है॥ 6/15 ॥

जिस व्यक्ति में अभिमान न हो, समर्थ हो, शीघ्र काम करने वाला हो, सौम्य, सुयोग्य, दूसरों के बहकावे में न आने वाला, सर्वथा निरोग और युक्ति-युक्त वचन बोलने वाला हो, इन आठ गुणों वाले व्यक्ति को दूत नियुक्त

करना चाहिए ॥ 5/27 ॥

हे भरतकुलश्रेष्ठ! जो मित्र न हो या मित्र होने पर पंडित न हो (मूर्ख हो) अथवा पंडित होने पर भी चंचल वृत्ति का या लोभी आदि हो (यानी जो जितेन्द्रिय न हो) ऐसा व्यक्ति राजा की गुप्त मंत्रणा को जानने का अधिकारी नहीं है। इसलिए राजा को भली-भांति परीक्षा किए बिना किसी को अपना मंत्री नहीं बनाना चाहिए ॥ 6/18 ॥

जो सेवक आदेश दिए जाने पर स्वामी की आज्ञा का पालन नहीं करता, किसी कार्य में लगाये जाने पर उल्टा जवाब देता है, जिसे अपनी बुद्धि का घमण्ड हो गया हो और प्रतिकूल बोलने वाला हो, ऐसे नौकर को शीघ्र ही हटा देना चाहिए ॥ 5/26 ॥

श्रेष्ठ गुण

हे भरतश्रेष्ठ! मनुष्य को पिता, माता, अग्निहोत्र, आत्मा और गुरु इन पांच अग्नियों का प्रयत्नपूर्वक सेवन करना चाहिए। (यहां आत्मा में अतिथि आत्मा तथा अग्नि में परमात्मा और भौतिक अग्नि को भी सम्मिलित किया गया है। परमात्मा की परिचर्या अष्टांग योग द्वारा और भौतिक अग्नि का सेवन अग्निहोत्र के द्वारा अभीष्ट है।) ॥ 1/79 ॥

देव, पिता, माता, संन्यासी और अतिथि ये पांच पूजा के योग्य हैं।इन पांचों की पूजा करने वाला मनुष्य महान यशस्वी बनता है। (माता-पिता, गुरु, अतिथि और पुरुष के लिए पत्नी तथा पत्नी के लिए पति की पूजा ही पंचायतन पूजा कही जाती है।) ॥ 1/80 ॥

मनुष्य को सत्य भाषण, दान देना, पुरुषार्थ करना, चुगली न करना (ईर्ष्या न करना), क्षमाशीलता और धैर्य इन छः गुणों का त्याग कभी नहीं करना चाहिए ॥ 1/86 ॥

मनुष्य को प्रसिद्धि दिलाने वाले आठ गुण ये हैं—प्रज्ञा (बुद्धि), कुलीनता (अपमानित होने पर भी विरोधी न बनना), दम (इन्द्रियों को अपने वश में रखना), विद्वत्ता, पराक्रम, मितभाषी (कम बोलना), यथाशक्ति दान देना और दूसरों के उपकारों को कृतज्ञतापूर्वक याद रखना ॥ 1/104 ॥

सभी तीर्थों में स्नान करना और सब प्राणियों पर दया करना, ये दोनों बातें समान रूप से अच्छी हैं पर इन दोनों में से, सब प्राणियों पर दया करना सर्वश्रेष्ठ है ॥ 3/2 ॥

हे पुरुषश्रेष्ठ! जब तक संसार में मनुष्य की उत्तम कीर्ति लोगों के मनों एवं होठों पर रहती है, तब तक उसका स्वर्ग में भी आदर-सम्मान होता है ॥ 3/4 ॥

हे महाराज! देवराज इंद्र के पूछने पर देवगुरु बृहस्पति ने जो चार बातें तत्काल फल देने वाली बताई थीं, वे मैं आपको बताता हूं। वे चार बातें हैं : (1) देवों का संकल्प, (2) बुद्धिमानों का पूर्ण प्रभाव, (3) विद्वानों की विनम्रता और (4) दुर्गुणों का परित्याग। इन चार कर्मों के करने से तुरंत फल मिलता है ॥ 1/76-77 ॥

धीर पुरुषों को चाहिए कि जब सज्जन पुरुष घर पर पधारें तो उन्हें सबसे पहले आसन देकर बैठाएं, फिर जल लाकर उनके चरण पखारें, उनका कुशल-क्षेम पूछकर अपनी स्थिति बताएं (आत्म-परिचय दें) और इसके पश्चात् आवश्यकता समझकर भोजन कराएं ॥ 6/2 ॥

धैर्य, मनोनिग्रह, इन्द्रिय, व्यवहार में शुद्धता, करुणाशीलता, कोमल (मधुर) वाणी बोलना और मित्रों से द्रोह न करना–ये सात गुण धन-सम्पत्तियों को बढ़ाने वाले होते हैं ॥ 6/37।

जो व्यक्ति अनेक गुणों से सम्पन्न है और विनय से युक्त है, वह प्राणियों की तनिक-सी पीड़ा की भी उपेक्षा नहीं कर सकता ॥ 7/10 ॥

समर्थ व्यक्ति द्वारा सब स्थानों तथा सब कालों में क्षमा का आचरण करने से बढ़कर विभूति युक्त (शोभापूर्ण) और अत्यन्त कल्याणकारी अन्य कोई कार्य नहीं माना गया है ॥ 7/58 ॥

हमेशा प्रयत्नशील रहना और शोक न करना सम्पत्ति, लाभ और कल्याण-प्राप्ति का मूल है। उद्यमी और शोकरहित व्यक्ति महान् बनता है और अनन्त सुख (मोक्ष) को भोगता है ॥7/57 ॥

हे राजन्! भक्तों, वर्तमान सेवकों और 'मैं तुम्हारा हूं' ऐसा कहकर शरण आने वालों (इन तीनों प्रकार के शरणागतों) को विपत्ति आ पड़ने पर भी नहीं छोड़ना चाहिए (अर्थात् इनकी सहायता करनी चाहिए)। (यहां पांडवों की धृतराष्ट्र के प्रति भक्ति एवं पूजा बुद्धि की ओर संकेत किया गया है।) ॥ 1/73 ॥

मंगलकारी पदार्थों (यथा सुवर्ण और गौ आदि) का स्पर्श, चित्त की वृत्तियों पर लगाम लगाना, शास्त्रों का अध्ययन एवं श्रवण, पुरुषार्थ, सरलता और सत्पुरुषों का बार-बार दर्शन–ये कल्याण करने वाले हैं अर्थात् सुखकारी होते हैं ॥ 7/56 ॥

मनुष्य मन, वचन और कर्म से जिस विषय का बार-बार सेवन करता है, वह विषय ही उसको अपनी ओर खींच लेता है। इसलिए व्यक्ति को शुभ कर्मों का ही आचरण करना चाहिए ॥ 7/55 ॥

नपा-तुला भोजन करने वाले को 6 लाभ प्राप्त होते हैं : (1) नीरोगता, (2) दीर्घ आयु, (3) शारीरिक बल, (4) इन्द्रियों का सुख, (5) नीरोग संतान और (6) पेटू कहे जाने की निन्दा से बचत ॥ 5/34 ॥

नित्य स्नान करने वाले को आगे वर्णित दस लाभ प्राप्त होते हैं : (1) शारीरिक बल, (2) रूप-सौन्दर्य, (3) मधुर स्वर, (4) उजला वर्ण, (5) कोमल स्पर्श, (6) सुगंध, (7) स्वच्छता, (8) शोभा, (9) सुकुमारता और (10) उत्तम नारियां ॥ 5/33 ॥

दुर्बल व्यक्ति अपनी ही भलाई की दृष्टि से सबको क्षमा करे (क्योंकि उसके सामने इसके अलावा दूसरा मार्ग ही नहीं है), बलवान् को धर्म अर्जित करने के लिए क्षमाशील होना चाहिए (क्यों कि क्षमा करने से धर्म होगा)। जिसके लिए अर्थ और अनर्थ दोनों एक जैसे हैं अर्थात् मध्यम श्रेणी के मनुष्य के लिए भी क्षमा सदा हितकारी होती है। इस प्रकार क्षमा सभी प्रकार के लोगों के लिए कल्याणकारिणी है ॥ 7/59 ॥

हे भरत कुल के राजन्! किसी को चाही हुई वस्तु देना, राज्य प्रदान करना और पुत्र का उत्पन्न होना–ये तीनों हर्षप्रद बातें और शत्रु को कष्ट से मुक्त करना बराबर है अर्थात् वे तीन और यह चौथी (शत्रु की कष्ट मुक्ति) एक समान हैं ॥ 1/72 ॥

शाश्वत नीति वचन

हे राजन्! पुरुषों का पांच प्रकार का बल होता है, उसे मुझसे सुनिए। इनमें पहला बाहुबल (शरीर बल) नामक बल सबसे घटिया बल कहा जाता है। उत्तम मंत्री की प्राप्ति अर्थात् अमात्य बल दूसरा बल है। बुद्धिमान् लोग धन-प्राप्ति को तीसरा बल कहते हैं। बाप-दादों से मनुष्य को स्वाभाविक रूप से मिला जात (कुल बल) चौथा बल माना गया है। जिस बल में ये सारे बल समाहित हो जाते हैं तथा जो सभी बलों में श्रेष्ठ है, वह प्रज्ञा (बुद्धि) बल नाम का पांचवां बल है॥ 5/52-55॥

संसार में अग्नि महान तेज वाला तत्त्व है जो काष्ठों में छिपी रहती है। वह तब तक आश्रयभूत काष्ठ को नहीं जलाता जब तक उसे रगड़कर प्रदीप्त न कर दिया जाए। यदि एक बार प्रदीप्त हो गई तो वह अग्नि उस आश्रयभूत काष्ठ को, वन को और आस-पास के अन्य सभी पदार्थों को शीघ्र जलाकर भस्म कर देती है॥ 5/60-61॥

किसी को भी बुद्धिमान् पुरुष का अपकार करके (हानि पहुंचाकर) यह विश्वास करके नहीं बैठ जाना चाहिए कि 'मैं दूर देश में बैठा हूं, वह मेरा कुछ नहीं बिगाड़ सकता' क्योंकि बुद्धिमान पुरुष की भुजाएं (बदला लेने के साधन) बहुत लम्बी (अपरिमित) होती हैं। सताया हुआ व्यक्ति उन्हीं के द्वारा सताने वाले को नष्ट कर देता है॥ 6/8॥

अकेले ही (दूसरों को खिलाये बिना) स्वादिष्ट भोजन न करें (अर्थात् औरों को खिलाकर खाये); धन के सम्बन्ध में अकेले ही सोच-विचार न करे अर्थात् धन प्राप्त करने या खर्च के सम्बन्ध में दूसरों से परामर्श अवश्य करे; अकेले यात्रा न करे (एक से दो भले) और जहां बहुत-से लोग सोये हुए हों, तो उनमें अकेला जागता न रहे॥ 1/51॥

हे पुरुषश्रेष्ठ! दो व्यक्ति एक-दूसरे का विश्वास करने वाले होते हैं : एक, वह स्त्री जो अपने चाहने वाले (प्रेमी) की कामना करती है और दूसरा वह जो दूसरों से पूजित व्यक्ति की पूजा करता है। (जैसे आप अपने पुत्र दुर्योधन द्वारा पूजित कर्ण को महावीर समझते हो।) ॥ 1/60 ॥

संसार में शरीर को सुखाने वाले दो ही तीक्ष्ण कांटे हैं : पहला वह, जो धनहीन होकर बड़ी-बड़ी इच्छाएं करता है (अर्थात् धनहीन होकर राजमहल का सपना देखता है) और दूसरा वह, जो असमर्थ होकर क्रोध करता है (यानी जैसे दुर्योधन असमर्थ होकर पांडवों पर क्रोध करता है।) ॥ 1/61 ॥

अपनी मर्यादा के विरुद्ध काम करने वाले दो प्रकार के लोग संसार में अच्छे नहीं समझे जाते : एक, उद्यम न करने वाला अथवा उदासीन गृहस्थ और दूसरा, संसार के प्रपंचों तथा लोकेषणा में फंसा हुआ संन्यासी ॥ 1/62 ॥

हे भरतश्रेष्ठ! वेदवेत्ता बताते हैं कि संसार में उत्तम (साम से वश में करना), मध्यम (भेद व दान से वश में करना) और अधम (युद्ध में हराकर वश में करना)–इन तीनों प्रकारों के उपाय कार्यसिद्धि के लिए सुने-जाने हैं (पांडव उत्तम प्रकार का उपाय काम में ला रहे हैं।) ॥ 1/67 ॥

हे राजन्! आप जहां-जहां भी जाओगे, वहां-वहां आपके मित्र, शत्रु, उदासीन, आश्रय देने वाले (गुरु आदि वृद्ध पुरुष) और आश्रय पाने वाले नौकर आदि ये पांच आपके साथ अवश्य रहेंगे ॥ 1/81 ॥

जिस प्रकार समुद्र में नौका टूट जाने पर उसे छोड़ दिया जाता है, उसी प्रकार इन छः व्यक्तियों को छोड़ देना चाहिए : न पढ़ाने वाले गुरु को, न पढ़ने वाले शिष्य को, रक्षा न करने वाले राजा को, कटुवचन बोलने वाली पत्नी को, गांव में रहने की इच्छा करने वाले चरवाहे को (पशु चराने हैं तो उसे वन में रहना होगा) और वन की इच्छा करने वाले नाई को (यदि नाई वन में रहेगा तो हजामत कौन बनवायेगा। हजामत बनवाने वाले तो नगर में रहते हैं।) ॥ 1/84-85 ॥

हे राजन्! इस जीवलोक (संसार) में धन की प्राप्ति, सदा स्वस्थ रहना, पत्नी का लावण्यमयी एवं मृदुभाषिनी होना, पुत्र का आज्ञाकारी होना और धन प्राप्त कराने वाली अथवा समझकर पढ़ी गयी विद्या-ये छः सुख प्रदान करने वाले हैं। (अर्थात् इनसे जीवन सुखमय होता है।) ॥ 1/87 ॥

आगे वर्णित 6 प्रकार के व्यक्ति, दूसरे 6 प्रकार के व्यक्तियों के आश्रय पर जीवन-निर्वाह करते हैं सातवां ऐसा नहीं मिलता जो पराश्रयी हो। ये लोग हैं: (1) चोर प्रमादी (असावधान) लोगों पर, (2) वैद्य रोगियों पर, (3) वेश्याएं कामी पुरुषों पर (यदि पुरुष जितेन्द्रिय हो तो वेश्याएं हों ही नहीं), (4) पुरोहित यजमानों पर (यजमान यज्ञ कराते हैं, तभी तो पुरोहित चाहिए), (5) राजा लड़ाई-झगड़ा करने वालों पर और (6) विद्वान् मूर्खों के आश्रय पर (यदि सभी विद्वान् हों तो शिक्षा कौन ग्रहण करेगा।) ॥ 1/89-90 ॥

थोड़ी-सी भी देर ध्यान न देने (लापरवाही बरतने) से गौएं, सेवा, खेती, स्त्री, विद्या और नीच पुरुष की संगति—ये छः नष्ट हो जाती है। (यहां 'भार्या' शब्द सामान्य स्त्रियों के लिए प्रयोग किया गया है, पतिव्रता के लिए नही।) ॥ 1/91 ॥

आगे वर्णित छः प्रकार के व्यक्ति सदा अपने पूर्व-उपकारी को हीन दृष्टि से देखते हैं : (1) शिक्षा प्राप्त कर लेने के उपरांत शिष्य आचार्य को, (2) विवाह हो जाने पर पुत्र माता को, (3) काम-वासना तृप्त हो जाने पर कामीजन नारी को, (4) काम निकल जाने पर कृतकार्य सहायक का, (5) नदी पार कर लेने वाला व्यक्ति नौका को और (6) स्वस्थ हो जाने पर रोगी वैद्य को ॥ 1/92-93 ॥

गौएं अपने खाद्य पदार्थ का पता गंध से लगा लेती हैं। ब्राह्मण वेदरूपी नेत्र से (शुभ-अशुभ कर्मों का ज्ञान प्राप्त करते हैं), राजा गुप्तचरों के माध्यम से शत्रु के कर्मों (गुप्तभेदों) का ज्ञान प्राप्त कर लेते हैं लेकिन साधारणजन तो अपनी आंखों (चर्म चक्षुओं) से जो देखते हैं, वही जान पाते हैं ॥ 2/34 ॥

देवगण चरवाहे के समान हाथ में डंडा लेकर व्यक्ति की रक्षा नहीं

करते। जिसकी वे रक्षा करना चाहते हैं, उसे बुद्धि से युक्त बना देते हैं। (यहां देव का अर्थ पहले किये हुए कर्मों के फल-भोग के लिए प्राणी का उन्मुख होना है। दैव और पौरुष दोनों ही अपने-अपने स्थान पर प्रमुख हैं।) ॥ 3/41 ॥

वह सभा सभा नहीं जिसमें (ज्ञान और वय से) वृद्ध पुरुष न हों, वे वृद्ध वस्तुतः वृद्ध ही नहीं, जो धर्म का मार्ग नं दिखावें और वह धर्म भी धर्म नहीं, जिसमें सत्य न हो और वह सत्य सत्य नहीं, जो छल से युक्त हो ॥ 3/59 ॥

खाने के बाद पच सकने वाले अन्न की, यौवनावस्था पार की हुई पत्नी की, युद्ध में जीतने वाले शूरवीर की और परम तत्त्व को प्राप्त कर लेने वाले तपस्वी की सभी प्रशंसा करते हैं ॥ 3/70 ॥

चरित्र का जो छिद्र (बुराई) अधर्म एवं अन्याय से प्राप्त धन की सहायता से छिपाया जाता है, दान आदि देकर जिस पापकर्म को यश में बदलने का प्रयत्न किया जाता है, उससे वह छिद्र ढकता नहीं है, बल्कि समय आने पर खुलकर रहता है तथा और भी बढ़ जाता है ॥ 3/71 ॥

हे भरतश्रेष्ठ! लोक में चार प्रकार के कर्म होते हैं। इनमें से उत्तम कर्म वे हैं, जो बुद्धि बल से किये जाते हैं। शारीरिक बल से किये गए कर्म मध्यम श्रेणी के, लुका-छिपाकर कपट से किये गए कर्म अधम और सबसे नीच कर्म वे हैं जो करने वाले को संकट में डाल देते हैं। (यहां संकेत है कि दुर्योधन आदि के कर्म अन्तिम दो प्रकार के हैं।) ॥ 3/76 ॥

वह बल बल नहीं जो सहिष्णु और मृदुल स्वभाव वाले (या दुर्बल) व्यक्ति का विरोध करे। धर्म अत्यन्त गहन है, उसका शीघ्रता से पालन करना चाहिए। क्रूर पुरुष के पल्ले पड़ी हुई लक्ष्मी नाश करने वाली होती है सहिष्णु व्यक्ति द्वारा बढ़ायी गई लक्ष्मी चिर स्थायी होती है अर्थात् पुत्र-पौत्रादि तक जाती है ॥ 4/71 ॥

धर्म तो यही है कि जो जैसा व्यवहार करे, उसके साथ वैसा ही व्यवहार करना चाहिए। छल करने वाले और कपटी व्यक्ति से छल-कपटपूर्ण और सज्जनों के साथ सज्जनता का व्यवहार करना चाहिए। (यह धर्म जन-साधारण के लिए है ब्राह्मण-संन्यासी के लिए नहीं।) ॥ 5/7 ॥

मनुष्य को चाहिए कि वह कुल की उन्नति एवं सुख-शान्ति के लिए एक अहितकारी व्यक्ति को छोड़ दे, ग्राम की उन्नति के लिए कुल की उपेक्षा कर दे, प्रदेश के कल्याण के लिए ग्राम को त्याग दे और अपनी आत्मा की उन्नति तथा कल्याण के लिए समूची पृथ्वी के राज्य को भी छोड़ दे। (यह नियम देश, जाति और समाज की सुख-शान्ति एवं उन्नति के लिए है।) ॥ 5/17 ॥

मनुष्य को चाहिए कि आपत्ति काल के लिए धन बचाकर रखे, बचाये हुए धन को खर्च करके भी स्त्री की रक्षा करे और धन एवं स्त्री दोनों से अपने-आप की रक्षा करे अर्थात् दोनों का विनाश करके भी अपनी रक्षा करे अथवा स्त्रियों और धन दोनों में लिप्त न हो ॥ 5/18 ॥

जिस व्यक्ति में बराबर आगे बढ़ने की क्षमता, प्रभाव, तेजस्विता, धर्म विषयक सात्त्विक वृत्ति, उद्यम और व्यवसाय करने की भावना और निश्चयात्मिका बुद्धि हो, उसे जीवन-निर्वाह के साधन न होने का भय कैसे हो सकता है? अर्थात् इन गुणों वाला व्यक्ति अपनी बुद्धि एवं बल से सर्वत्र सदा ही अपने निर्वाह के साधन जुटा लेता है ॥ 5/41 ॥

दुष्ट बुद्धि के लोग दूसरों के उत्तम गुणों को जानने की वैसी इच्छा नहीं करते जैसी इच्छा उनके अवगुणों को जानने को करते हैं ॥ 5/47 ॥

हे राजन्! जो व्यक्ति क्रोध और हर्ष से उठे हुए वेग का ज्ञानपूर्वक नियमन कर लेता है और आपत्तियां आने पर घबराता नहीं, ऐसे ही व्यक्ति को धन-सम्पत्ति प्राप्त होती है ॥ 5/51 ॥

यदि व्यक्ति किसी दूसरे को बड़ी भारी हानि पहुंचा दे तो उसके साथ वैर ठानकर यह मानकर निश्चिन्त नहीं हो जाना चाहिए कि मैं तो उससे दूर बैठा हूं, वह मेरा कुछ नहीं बिगाड़ सकता ॥5/56 ॥

स्त्रियों और राजाओं (चंचल चित्त के कारण), सर्पों (डसने स्वभाव के कारण), स्वाध्याय (बिना दुहराए नष्ट हो जाने के कारण), स्वामी (सदैव एकचित्त न रहने के कारण), शत्रु, भोगों और आयु (नाशवान होने के कारण) पर कौन बुद्धिमान् विश्वास कर सकता है? (अर्थात् इन पर विश्वास करना

अपने को धोखे में रखना है।) ॥ 5/57 ॥

अविश्वासी पर तो कभी विश्वास करे ही नहीं परंतु जो विश्वस्त हो (मित्र भी हो तब भी) उस पर अत्यधिक विश्वास न करे (क्योंकि कभी-कभी उससे भी भय उत्पन्न हो जाता है) क्योंकि विश्वस्त से उत्पन्न हुआ भय शत्रु से उत्पन्न हुए भय से भी अधिक भयंकर होता है जो समूल नष्ट कर देता है ॥6/9 ॥

जिसका जिससे वास्ता पड़ता है, वही उसके असली रूप को जान पाता है। ज्ञानी ब्राह्मण ही ज्ञानी को पहचानता है, पति ही अपनी पत्नी को यथार्थ रूप में जानता है, मंत्री को राजा ही ठीक से जानता है और राजा ही राजा को ठीक से जान सकता है ॥ 6/27 ॥

अपने वश में आये हुए (और मारने योग्य) शत्रु को कभी नहीं छोड़ना चाहिए। यदि स्वयं निर्बल हो तो शत्रु के प्रति स्वयं झुककर विनीत भाव से सेवा करे और जब स्वयं सबल बन जाए तब उसको समूल नष्ट कर दे। मारने योग्य शत्रु को यदि न मारा जाए तो उससे स्वयं को ही भय उपस्थित होगा क्योंकि वह भी बदला लेगा ॥ 6/28 ॥

न तो केवल बुद्धि से सुख-समृद्धि मिलती है और न मूर्खता (अज्ञानता), दरिद्रता आदि दुःख का हेतु है। (सुख-समृद्धि और दुख-दारिद्र्य पिछले जन्म के कर्मों के अनुसार प्राप्त होते हैं।) बुद्धिमान् ही संसार-चक्र के (इस) तत्त्व (इहलोक-परलोक की व्यवस्था) को समझ पाता है, मूर्ख पुरुष नहीं जानता ॥ 6/32 ॥

किसी को झूठे झांसे में न फंसाना, दान देना, समय पर कार्य करना और प्रतिज्ञा पूर्ण करना और मधुर बोलना–ये सब बातें सभी प्राणियों–शत्रु और विरोधियों को भी अपना बना लेती हैं ॥ 6/35 ॥

में झूठ न बोलने वाला, चतुर (और सदा सावधान रहने वाला), कृतज्ञ, बुद्धिमान् और कोमल स्वभाव वाला राजा धन-सम्पत्ति (कोष) कम होने पर भी मित्र, भृत्य और सहायक जुटा लेता है ॥ 6/36 ॥

जिस घर में सांप घुसा बैठा हो, उसमें जिस प्रकार व्यक्ति चैन की नींद

नहीं सो सकता, उसी प्रकार जो मनुष्य स्वयं दोषयुक्त होता हुआ भी अपने निर्दोष अंतरंग मित्र आदि को नाराज कर लेता है, वह रात्रि में भी सुखपूर्वक नहीं सो सकता ॥ 6/39 ॥

हे राजन्! जिन पुरुषों के बिगड़ जाने से जीवन-निर्वाह में ही खलल पड़े (दरिद्र होने पर हानि हो) उनको सदा देवों की भांति प्रसन्न रखने का प्रयत्न करना चाहिए ॥ 6/40 ॥

किसी व्यक्ति का जिससे द्वेष होता है, उसे वह भला (श्रेष्ठ) नहीं लगता। वह न तो उसे बुद्धिमान् लगता है और न पंडित (ज्ञानी) प्रतीत होता है। प्रिय व्यक्ति के तो अशुभ कार्य भी अच्छे लगते हैं और जिससे द्वेष होता है, उसके पुण्यकर्म भी (द्वेषवश) पाप ही जंचते हैं (परंतु यह ठीक नहीं है।) ॥7/4 ॥

उस वृद्धि को अच्छा नहीं समझना चाहिए जो बाद में (या अंत में) नाश का कारण बने। इसके विपरीत उस क्षय को भी उत्तम समझना चाहिए जो आगे चलकर वृद्धि का कारण हो (ऐसा क्षय भी उत्तम है।) ॥7/6 ॥

हे महाराज! वह हानि हानि नहीं कहलाती जो (आगे चलकर) वृद्धि का कारण होती है। इस संसार में क्षय (हानि) तो उसे समझना चाहिए जिससे बहुत अधिक का नाश हो ॥7/7 ॥

संसार में नीतिशास्त्र के आदिकर्त्ता शुक्राचार्य को छोड़कर ऐसा कोई व्यक्ति नहीं है, जिसे कभी अनीतिपूर्ण कर्म न करना पड़ा हो; इसलिए 'जो बीत गया सो बीत गया' के तत्त्व को समझकर बुद्धिमान् व्यक्ति को भविष्य में होने (या किये जा सकने) वाले कार्यों पर ही ध्यान लगाना चाहिए ॥ 7/29 ॥

यह सत्य है कि इन्द्रियों के विषयों में प्रवृत्त होने से रोकना मृत्यु को जीतने से भी कठिन कार्य है (किन्तु इसके साथ यह भी सही है कि) विषयों में अत्यधिक प्रवृत्ति तो देवताओं का भी नाश कर देती है ॥7/51 ॥

विद्वान् लोग कहते हैं कि सभी प्राणियों के प्रति कोमलता और दया का व्यवहार, गुणों में दोषों को न देखना, सहनशीलता, धैर्य और मित्रों का अपमान न करना–ये गुण आयु को बढ़ाने वाले होते हैं ॥ 7/52 ॥

दुष्ट बुद्धि वाले लोग सरल स्वभाव वालों और सरलता के कारण ही लज्जाशील लोगों को दुर्बल समझते हुए उन्हें दबाते हैं अथवा तिरस्कृत करते हैं। अतः अत्यधिक सरल भी नहीं बनना चाहिए ॥ 7/62 ॥

अत्यन्त श्रेष्ठ, अत्यधिक दानशील, अत्यधिक शूरवीर, दृढ़व्रती और बुद्धि का अत्यधिक अभिमान करने वाले लोगों के समीप लक्ष्मी (भय के मारे) नहीं आती। (अर्थात् अति सर्वत्र दुःखदायी होती है।) ॥ 7/63 ॥

लक्ष्मी न तो अत्यन्त गुणवान् मनुष्यों के पास रहती है और न ही सर्वथा गुणहीनों के पास ठहरती है। यह न तो गुणों को चाहती है और न ही गुणहीनता को चाहती है। बौखलायी गाय के समान यह लक्ष्मी किसी-किसी स्थान पर ही टिक पाती है ॥ 7/64 ॥

उद्योग (यानी परिश्रम), संयम, चतुरता, सावधानी (जागरूकता), धैर्य, स्मरण शक्ति और सोच-विचारकर कार्य आरम्भ–इनको सम्पन्नता और उन्नति का मूल आधार समझना चाहिए ॥ 7/68 ॥

तपस्वियों का बल तप है, ब्रह्मवेत्ताओं का बल वेद और ईश्वर है, दुष्टों का बल हिंसा है और गुणवानों की शक्ति क्षमा है ॥ 7/69 ॥

जल, कंदमूल, फल, दूध, यज्ञशेष (घी), ब्राह्मण की कामना-पूर्ति के लिए खा लेना, गुरु के कथनानुसार खाना और औषधि–ये आठ व्रत को भंग करने वाले नहीं होते ॥ 7/70 ॥

क्रोध को प्रेम और शान्ति से जीते, दुष्ट व्यक्ति को उत्तम व्यवहार से वश में करे, कंजूस को दान से परास्त करे और असत्य पर सत्य के द्वारा विजय प्राप्त करे ॥ 7/72 ॥

स्त्री, धूर्त, आलसी, डरपोक, क्रोधी, बल का घमण्ड करने वाले, चोर, कृतघ्न (उपकार न मानने वाले) और नास्तिक पर विश्वास नहीं करना चाहिए ॥ 7/73 ॥

माता-पिता आदि गुरुजनों का सम्मान करने के स्वभाव वाले, ज्ञानवृद्ध, वयोवृद्ध और अनुभववृद्ध जनों की सेवा करने वाले लोगों के आयु, ज्ञान, कीर्ति और बल–ये चारों बढ़ते हैं ॥7/74 ॥

जो धन-प्राप्ति या प्रयोजन सिद्धि अत्यधिक कष्ट से, धर्म का उल्लंघन करने से अथवा शत्रु के समक्ष झुकने से सम्भव होती हो, उनमें कभी मन को मत लगाओ अर्थात् उनकी इच्छा मत करो ॥7/75 ॥

सोते रहने से निद्रा को, कामोपभोग से स्त्रियों को, अग्नि को ईंधन से और सुरापान के व्यसन को सुरा पीकर जीता नहीं जा सकता। इनसे तो ये उल्टे और बढ़ते ही हैं ॥7/80 ॥

सुख की अभिलाषा करने वाले को विद्या कहां? और विद्यार्थी को सुख कहां? इसलिए जो सुख प्राप्त करना चाहता हो, उसे विद्या प्राप्त करने की इच्छा छोड़ देनी चाहिए और जो विद्या प्राप्त करना चाहता है, उसे सुख-प्राप्ति की इच्छा त्याग देनी चाहिए ॥ 8/6 ॥

हे राजन्! किसी वस्तु की प्राप्ति की आशा धैर्य को नष्ट कर देती है (आशावान् व्यक्ति उसे शीघ्र पाना चाहता है); मृत्यु समस्त ऐश्वर्यों से उसे वियुक्त कर देती है, क्रोध शरीर-सौन्दर्य को नष्ट कर देता है, कंजूसी यश को नष्ट कर देती है, पशुओं की स्वयं देखभाल न करने से पशु नष्ट हो जाते हैं और क्रुद्ध हुआ अकेला ब्राह्मण सम्पूर्ण राष्ट्र को नष्ट कर देता है ॥ 8/8 ॥

जो व्यक्ति कर्त्तव्य और अकर्त्तव्य के विषय में संशय उत्पन्न होने पर बुद्धि में बड़े (अर्थात् दूरदर्शी), धर्म में बड़े, विद्या में बड़े और आयु में बड़े अपने बंधु से सत्कार द्वारा प्रसन्न करके समाधान का मार्ग पूछता है, वह कभी मोह या भ्रम में नहीं फंसता (अर्थात् कर्त्तव्य क्षेत्र में कभी भ्रांत नहीं होता।) ॥ 8/23 ॥

शास्त्रों का अध्ययन किये बिना (ज्ञानियों का उपदेश सुने बिना) और अनुभवी वृद्धजनों की सेवा किये बिना बृहस्पति के समान बुद्धिमान् व्यक्ति को भी धर्म और अर्थ के विषय में सम्यक् ज्ञान नहीं हो सकता ॥ 7/39 ॥

विदुर-नीति

मूल संस्कृत श्लोक

धृतराष्ट्र-विदुर संवाद

श्रोतुमिच्छामि ते धर्म्यं पर नैःश्रेयसं वचः।
अस्मिन् राजर्षिवंशे हि त्वमेकः प्राज्ञसम्मतः ॥ 1/15 ॥

अभियुक्तं बलवता दुर्बलं हीनसाधनम्।
हृतस्वं कामिनं चौरम् आविशन्ति प्रजागराः ॥ 1/13 ॥

कच्चिदेतैर्महादोषैर्न स्पृष्टोऽसि नराधिप।
कच्चिन्न परवित्तेषु गृध्यन्न परितप्यसे ॥ 1/14 ॥

राजा लक्षणसम्पन्नस्त्रैलोक्यस्याधिपो भवेत्।
प्रेष्यस्ते प्रेषितश्चैव धृतराष्ट्र युधिष्ठिरः ॥ 1/16 ॥

विपरीततश्च त्वं भागधेये न संमतः।
अर्चिषां प्रक्षयाच्चैव धर्मात्मा धर्मकोविदः ॥ 1/17 ॥

सा तु बुद्धिः कृताप्येवं पाण्डवान् प्रति मे सदा।
दुर्योधनं समासाद्या पुनर्विपरिवर्तते ॥ 8/31 ॥

न दिष्टमभ्यतिक्रान्तुं शक्यं भूतेन केनचित्।
दिष्टमेव ध्रुवंमन्ये पौरुषं तु निरर्थकम् ॥ 8/32 ॥

अध्यात्म ज्ञान

आत्मा नदी भारत पुण्यतीर्था
सत्योदका धृतिकूला दयोर्मिः।
तस्यां स्नातः पूयते पुण्यकर्मा
पुण्यो ह्यात्मा नित्यमलोभ एव ॥8/21॥

कामक्रोधग्राहवर्ती पञ्चेन्द्रियजलां नदीम्।
नावं धृतिमयीं कृत्वा जन्मदुर्गाणि संतर ॥8/22॥

नित्यो धर्मः सुखदुः खे त्वनित्ये
जीवो नित्यो हेतुरस्य त्वनित्यः।
त्यक्त्वानित्यं प्रतितिष्ठिस्व नित्येक
मसंतुष्य त्वं तोषपरो हि लाभः ॥8/13॥

महाबलान् पश्य महानुभावान्
प्रशास्य भूमिं धनधान्यपूर्णम्।
राज्यानि हित्वा विपुलांश्च भोगान्
गतान्नरेंद्रात् वशमंतकस्य ॥8/14॥

अस्माल्लो कादूर्ध्वममुष्य चाधो
महत्तमस्तिष्ठति ह्यन्धकारम्।
तद् वै महामोहनमिन्द्रियाणां
बुध्यस्व मा त्वां प्रलभेत राजन् ॥8/19॥

रथः शरीरं पुरुषस्य राजन्नात्मा नियंतेन्द्रियाण्यस्य
चाश्वाः।
तैरप्रमत्तः कुशली सदश्वैर्दान्तैः सुखं याति रथीव
धीरः ॥2/59॥

आत्मनाऽऽत्मानमन्विच्छे न्मनो बुद्धीन्द्रियैर्यतैः।
आत्मा ह्येवात्मनो बंधुरात्मैव रिपुरात्मनः॥
बंधुरात्माऽऽत्मनस्तस्य येनैवात्माऽऽमना जितः।
स एव नियतो बंधुः स एव नियतो रिपुः॥2/64-65॥

अनाश्रिता दानपुण्यं वेदपुण्यमनाश्रिताः।
रागद्वेषविनिर्मुक्ता विचरंतीह मोक्षिणः॥4/53॥

नवद्वारमिदं वेश्म त्रिस्थूणं पञ्चसाक्षिकम्।
क्षेत्रज्ञाधिष्ठितं विद्वान् यो वेद स परः कविः॥1/105॥

सत्येन रक्ष्यते धर्मो विद्या योगेन रक्ष्यते।
मृजया रक्ष्यते रूपं कुलं वृत्तेन रक्ष्यते॥2/39॥

एकमेवाद्वितीयं तद् यद् राजन् नावबुद्ध्यसे।
सत्यं स्वर्गस्य सोपानं पारावारस्य नौरिव॥1/52॥

हितं यत् सर्वभूतानामात्मनश्च सुखावहम्।
तत् कुर्यादीश्वरे ह्येतन्मूलं सर्वार्थसिद्धये॥5/40॥

यो धर्ममर्थं कामं च यथाकालं निषेवते।
धर्मार्थकामसंयोगं सोऽमुत्रेह च विंदति॥5/50॥

यास्यात्मा विरतः पापात् कल्याणे च निवेशितः।
तेन सर्वमिदं बुद्धं प्रकृतिविकृतिश्च या॥5/49॥

अर्थसिद्धिं परामिच्छन् धर्ममेवादितश्चरेत।
न हि धर्मादपैत्यर्थः स्वर्गलोकादिवामृतम्॥5/48॥

अरोषणो यः समलोष्टाश्मकाञ्चनः।
प्रहीणशोको गतसन्धिविग्रहः।
निन्दाप्रशंसोपरतः प्रियाप्रिये
त्यजन्नुदासीनदेष भिक्षुकः॥6/6॥

इदं च त्वां सर्व परं ब्रवीमि
पुण्यं पदं तात महाविशिष्टम्।
न जातु कामान्न भयान्न लोभाद्
धर्म जह्याज्जीवितस्यापि हेतोः॥8/12॥

स्वधीतस्य सुयुद्धस्य सुकृतस्य च कर्मणः।
तपसश्च सुतप्तस्य तस्यांते सुखमेधते॥4/54॥

नीवारमूलेङ्गुदशाकवृत्तिः
सुसंयतात्माग्निकार्येषु चोद्यः।
वने वसन्नतिथिष्वप्रमत्तो
धुरंधरः पुण्यकृदेष तापसः॥6/7॥

एकया द्वे विनिश्चित्य त्रींश्चतुर्भिर्वशे कुरु।
पञ्चजित्वाविदित्वाषट्सप्तहित्वासुखीभव॥1/49॥

मृतं पुत्रं दुःखपुष्टं मनुष्या
उत्क्षिप्य राजन् स्वगृहान्निर्हरन्ति।
तं मुक्तकेशाः करुणं रुदन्ति
चितामध्ये काष्ठमिव क्षिपन्ति॥8/15॥

अन्यो धनं प्रेतगतस्य भुङ्क्ते
वयांसि चारितश्च शरीरधातृन्।
द्वाभ्यामयं सह गच्छत्यमुत्र।
पुण्येन पापेन च वेष्ट्यमानः॥8/16॥

उत्सृज्य विनिवर्तन्ते ज्ञातयः सुहृदः सुताः
अपुष्पानफलान् वृक्षान् यथा तात पतत्रिणः॥8/17॥

अग्नौ प्रास्तं तु पुरुषं कर्मान्वेति स्वयं कृतम्।
तस्मात्तु पुरुषो यत्नाद् धर्मं संचिनुयाच्छनैः॥8/18॥

उत्तम कर्म

एको धर्मः परं श्रेयः क्षमैका शान्तिरुत्तमा।
विद्यैका परमा तृप्तिरहिंसैका सुखावहा ॥ 1/57 ॥

एकः क्षमावतां दोषो द्वितीयो नोपपद्यते।
यदेनं क्षमया युक्तमशक्तं मन्यते जनः ॥ 1/53 ॥

सोऽस्य दोषो न मन्तव्यः क्षमा हि परमं बलम्।
क्षमा गुणो ह्यशक्तां शक्तानां भूषणं क्षमा ॥ 1/54 ॥

क्षमा वशीकृतिर्लो के क्षमया किं न साध्यते।
शान्तिखङ्गः करे यस्य किं करिष्यति दुर्जनः ॥ 1/55 ॥

अतृणे पतितो वह्निः स्वयमेवोपशाम्यति।
अक्षमावान् परं दोषरात्मानं चैव योजयेत् ॥ 1/56 ॥

द्वाविमौं पुरुषौ राजन् स्वर्गस्योपरि तिष्ठतः।
प्रभुश्च क्षमया युक्ता दरिद्रश्च प्रदानवान् ॥ 1/63 ॥

द्वे कमणी नरः कुर्वन्नस्मिल्लोके विरोचते।
अब्रुवन् पुरुषं किञ्चिदसतोऽनर्चयस्तथा ॥ 1/59 ॥

यज्ञो दानमध्ययनं तपश्च चत्वार्येतान्यवेतानि सभ्दि।
दमः सत्यमार्जवमानृशंस्यं चत्वार्येतान्यनुयान्ति सन्तः ॥ 3/56 ॥

इज्याध्ययनदानानि तपः सत्यं क्षमा घृणा।
अलोभ इति मार्गोऽयं धर्मस्याष्टविधः स्मृतः ॥ 3/57 ॥

तत्र पूर्व चतुर्वर्गो दम्भार्थमपि सेव्यते।
उत्तरश्च चतुर्वर्गो नामहामसुं तिष्ठति ॥ 3/58 ॥

द्वाविमौ पुरुषव्याघ्र सूर्यमण्डलभेदिनौ।
परिव्राड् योगयुक्तश्च रणेचाभिमुखो हतः ॥ 1/66 ॥

प्रज्ञामेवागमयति यः प्राज्ञेभ्यः सः पण्डितः।
प्राज्ञो ह्यवाप्य धमार्थ शक्नोति सुखमेधितुम् ॥ 3/67 ॥

तृणोल्कया ज्ञायते जातरूपं वृत्तेन भद्रो व्यवहारेण साधु ।
शूरो भयेष्वर्थकृच्छ्रेषु धीरः कृच्छ्रेष्वापत्यु सहृदश्चारयश्च ॥3/50 ॥

श्रीर्मङ्लात् प्रभवति प्रागल्भ्यात् सम्प्रवर्धते।
दाक्ष्यात्त कुरुते मूलं संयमात् प्रतितिष्ठति ॥ 3/52 ॥

अष्टौ गुणाः पुरुषं दीपयन्ति प्रज्ञा च कौल्यं च दमः श्रुतंच।
पराक्रमश्चबहुभाषिता च दानं यज्ञाशक्ति कृतज्ञता च ॥ 3/53 ॥

एतान् गुणांस्तात महानुभावानेको गुणः संश्रयते प्रसह्य।
राजा यदा सत्कुरुते मनुष्यं सर्वान्गुणानेप गुणो विभाति ॥ 3/54 ॥

अष्टौ नृपेमानि मनुष्यलोके स्वर्गस्य लोकस्य निदर्शनानि।
चत्वार्येषामन्ववेतानि सद्भिश्चत्वारि चैषामनुयान्ति सन्तः ॥ 3/55 ॥

एकता का बल

धूमायन्ते व्यपेतानि ज्वलन्ति सहितानि च।
धृतराष्ट्रोल्मकानीव ज्ञातयो। भरतर्षभ॥4/60॥

ब्राह्मणेषु च ये शूराः स्त्रीषु ज्ञातिषु गोषु च।
वृंतादिब फलं पक्कं धृताराष्ट्र पतन्ति ते॥4/61॥

महानप्येकजो वृक्षो बलवान् सुप्रतिष्ठितः।
प्रसह्य एव वातेन सस्कंधो मर्दितुं क्षणात्॥
अथ ये सहिता वृक्षाः सङ्घशः सुप्रतिष्ठिताः।
ते हि शीघ्रतमान् वातान् सहंतेऽन्योन्यसंश्रयात्
14/62-63 ॥

एव मनुष्यमप्येकं गुणैरपि समन्वितम्।
शक्यं द्विषंतो मन्यन्ते वायुर्द्रुममिवैकजम्॥
अन्योन्यसमुपष्टम्भादन्योन्यापाश्रयेण च।
ज्ञातयः संप्रवर्धन्ते सरसीबोत्पलान्युत॥4/64-65॥

कर्त्तव्य-अकर्त्तव्य

किन्नु मे स्यादिदं कृत्वा किन्नु मे स्यादकुर्वतः।
इति कर्माणि संचिन्त्य कुर्याद् वा पुरुषो न वा॥ 2/19॥

अनुबंधान् अपेक्षेत सानुबंधेषु कर्मसु।
सम्प्रधार्य च कुर्वीत न वेगेन समाचरेत्॥ 2/8॥

अनुबन्धं च सम्प्रेक्ष्य विपाकं चैव कर्मणाम्।
उत्थानमात्मनश्चैव धीरः कुर्वीत वा न वा॥ 2/9॥

मिथ्योपेतानि कर्माणि सिध्येयुर्यानि भारत।
अनुपायप्रयुक्तानि मा स्म तेषु मनःकृथाः॥ 2/6॥

तथैव योगविहितं यत्तु कर्म न सिध्यति।
उपाययुक्तं मेधावी न तत्र ग्लपयेन्मनः॥ 2/7॥

एतत् कार्यममरः संश्रुतं मे
धृतिः शमः सत्यधर्मानुवृत्तिः।
ग्रन्थिं विनीय हृदयस्य सर्वं।
प्रियाप्रिये चात्मसमं नयीत॥ 4/4॥

शुभं वा यदि वा पापं द्वैष्य वा यदि वा प्रियम्।
अपृष्टतस्य तद्ब्रूयाद् यस्य नेच्छेत् पराभवम्॥ 2/7॥

आक्रुश्यमानो नाक्रोशेन्मयुरेव तितिक्षतः।
आक्रोष्टार निर्दहति सुकृतं चास्य विन्दति॥ 4/5॥

नाक्रोशी स्यान्नावमानी परस्य
मित्रद्रोही नोत नीचोपसेवी।
न चाभिमानी न च हीनवृत्तो
रूक्षां वाचं रुषतीं वर्जयीत॥4/6॥

चत्वारि कर्माण्यभयंकराणि भयं प्रयच्छन्त्ययथाकृतानि।
मानाग्निहोत्रमुत मानमौनम् मानेनाधीतमुत मानयज्ञः॥1/78॥

एकः पापानि कुरुते फलं भुङ्क्ते महाजनः।
भोक्तारो विप्रमुच्यंते कर्त्ता दोषेण लिप्यते॥1/47॥

यच्छक्यं ग्रसितुं ग्रस्यं ग्रस्तं परिणमेच्च यत्।
हितं च परिणामे स्यात् तदाद्यं भूतिमिच्छिता॥2/14॥

मानेन रक्ष्यते धान्यमश्वान् रक्षत्यनुक्रमः।
अभीक्ष्णदर्शनं गाश्च स्त्रियो रक्ष्याः कुचैलतः॥2/40॥

अवध्या ब्रह्मणा गावो ज्ञातवः शिशवः स्त्रियः।
येषां चान्नानि भुञ्जीथ ये च स्युः शरणागताः॥4/66॥

भक्ष्योत्तमप्रतिच्छन्नं मत्स्यो बडिशमायसम्।
लोभाभिपाती ग्रसते नानुबंधमवेक्षते॥2/13॥

नैनं छंदांसि वृजनात् तारयन्ति
मायाविनं मायया वर्तमानम्॥
नीडं शकुंता इव जातपक्षाश्
छंदांस्येनं प्रजहत्यंत्तकाले॥3/43॥

परिच्छदेन क्षेत्रेण वेश्मना परिचर्यया।
परीक्षेत कुलं राजन् भोजनाच्छादनेन च॥7/43॥

अग्निहोत्रफला वेदाः शीलवृत्तफलं श्रुतम्।
रतिपुत्रफला नारी दत्तभुक्तफलं धनम्॥7/65॥

मद्यपानं कलहं पूगवेरं,
भार्यापत्योरन्तरं ज्ञातिभेदम्।
राजद्विष्टं स्त्रीपुंसयोर्विवादं,
वार्ज्याहुर्यश्च पन्थाः प्रदुष्टः ॥ 3/44 ॥

अगारदाही गरदः कुण्डाशी सोमविक्रयी।
पर्वकारश्च सूची च मित्रध्रुक् पारदारिकः ॥ 3/47 ॥

भ्रूणहा गुरुतल्पीच यश्च स्यात् पानपो द्विजः।
अतितीक्ष्णश्च काकश्च नास्तिको वेदनिन्दकः ॥ 3/48 ॥

स्रुवप्रग्रहणो व्रात्यः कीनाशश्चात्मवानपि।
रक्षेत्युक्तश्च यो हिंस्यात् सर्वे ब्रह्महभिः समाः ॥ 3/49 ॥

सत्यं रूपं श्रुतं विद्या कौल्यं शील बलं धनम्।
शौर्य च चित्रभाष्यं च दशेमे स्वर्गयो नयः ॥ 3/60 ॥

पापं कुर्वन् पापकीर्तिः पापमेवाश्नुते फलम्।
पुण्यं कुर्वन् पुण्यकीर्तिः पुण्यमत्यन्तमश्नुते ॥

तस्मात् पापं न कुर्वीत पुरुषः शंसितव्रतः।
पापं प्रज्ञां नाशयति क्रियमाणं पुनः पुनः ॥

नष्टप्रज्ञः पापमेव नित्यमारभते नरः।
पुण्यं प्रज्ञां वर्धयति क्रियमाणं पुनः पुनः ॥

वृद्धप्रज्ञः पुण्यमेव नित्यमारभते नरः।
पुण्यं कुर्वन् पुण्यकीर्तिः पुण्यं स्थानं स्म गच्छति।
तस्मात् पुण्यं निषेवेत पुरुषः सुसमाहितः ॥ 3/61-64 ॥

यश्चनो ब्राह्मणान् हन्याद् यश्च नो ब्राह्मणान् द्विषेत्।
न नः स समितिं गच्छेद् यश्च नो निवपेत् कृषिम् ॥ 4/33 ॥

न विश्वासाज्जातु परस्य गेहे
गच्छेन्नरश्चेतयानी विकाले।
न चत्वरे निशि तिष्ठेन्निगूढो
न राजकाम्यां योषितं प्रार्थयीत ॥ 5/28 ॥

घृणी राजा पुंश्चली राजभृत्यः
पुत्रो भ्राता विधवा बालपुत्रा।
सेनाजीवी चोद् धृतभूतिरेव
व्यवहारेषु वर्जनीयाः स्युरेते ॥ 5/30 ॥

यस्योदक मधुपर्कं च गां च
न मंत्रवित् प्रतिगृह्णाति गेहे।
लोभाद् भयादथ कार्पण्यतोवा
तस्यानथ जीवितमाहुरार्या ॥ 6/3 ॥

चिकित्सकः शल्यकर्ताऽवकीर्णी
स्तेनः कूरो मद्यपो भ्रूणहा च
सेनाजीवी श्रुतिविक्रायकश्च
भृश प्रियो ऽप्यतिथिर्नो दकार्हः ॥ 6/4 ॥

अविक्रय लवणं पक्कमन्नं
दधि क्षीरं मधु तैलं घृतं च।
तिला मांसं फलमूलानि शाक
रक्तं वासः सर्वगंधा गुडाश्च ॥ 6/5 ॥

येऽर्थाः स्त्रीषु समायुक्ताः प्रमत्तपतितेषु च।
ये चानार्ये समासक्ताः सर्वे ते संशयं गताः ॥ 6/41 ॥

परापवादनिरताः परदुःखोदयेषु च।
परस्परविरोधे च यतन्ते सततोत्थिताः ॥ 7/11 ॥

संदोषं दर्शनं येषां संवासे सुमहद् भयम्।
अर्थादाने महान् दोषः प्रदाने च महद् भयम् ॥ 7/12 ॥

ये वै भेदन शीलास्तु सकामा निस्त्रपाः शठाः
ये पापा इति विख्याता संवासे परिगर्हिताः।
युक्ताश्चान्यैर्महादोषैर्ये नरास्तान् विवर्जयेत्॥7/13॥

येन खट्वां समारूढः परितप्येत कर्मणा।
आदावेव न तत् कुर्यादध्रु वे जीविते सति॥7/28॥

नष्टं समुद्रे पतितं नष्ट वाक्यमश्रृण्वति।
अनात्मनि श्रुतं नष्ट नष्ट हुतमनग्निकम्॥7/40॥

अकीर्तिं विनयो हन्ति हन्त्यनर्थं पराक्रमः
हन्ति नित्यं क्षमा क्रोधमाचारो हन्त्यलक्षणम्॥7/42॥

अधर्मोपार्जितैरथैर्यः करोत्यौर्ध्वदेहिकम्।
न स तस्य फलं प्रेत्य भुङ्क्तेऽर्थस्य दुरागमात्॥7/66॥

कुलीनता

तपो दमो ब्रह्मवितं वितानाः
पुण्या विवाहाः सततान्नदानम्।
येष्वेवैते सप्त गुणा वसन्ति
सम्यग्वृत्तास्तानि महाकुलानि ॥ 4/23 ॥

येषां हि वृत्तं व्यथते न योनिश्चित्त
प्रसादेन चरन्ति धर्मम्।
ये कीर्तिमिच्छन्ति कुले विशिष्टां
त्यक्तानृतास्तानि महाकुलानि ॥ 4/24 ॥

वृत्ततस्त्वविहीनानि कुलान्यल्पधनान्यपि।
कुलसंख्यां च गच्छन्ति कर्षन्ति च महद्यशः ॥ 4/29 ॥

वृत्तं यत्नेन संरक्षेद् वित्तमेति च याति च।
अक्षीणो वित्ततः क्षीणो वृत्ततस्तु हतो हतः ॥ 4/30 ॥

गोभिः पशुभिरश्वैश्च कृष्या च सुसमृद्धया।
कुलानि न प्ररोहन्ति यानि हीनानि वृत्ततः ॥ 4/31 ॥

त्रिविधाः पुरुषा राजन्नुत्तमाधममध्यमाः।
नियोजयेद् यथावत् तांस्त्रिविधेष्वेव कर्मसु ॥ 1/68 ॥

अनिज्यया कुविवाहैर्वेदस्योत्सादनेनं च।
कुलान्यकुलतां यान्ति धर्मस्यातिक्रमेण च ॥ 4/25 ॥

देवद्रव्यविनाशेन ब्रह्मस्वहरणेन च।
कुलान्यकुलतां यान्ति ब्राह्मणातिक्रमेण च ॥ 4/26 ॥

ब्राह्मणानां परिभवात् परिवादाच्च भारत।
कुलान्यकुलतां यान्ति न्यासापहरणेन च॥4/27॥

कुलानि समुपेतानि गोभिः पुरुषतोऽर्थतः।
कुलसंख्यां न गच्छन्ति यानि हीनानि वृत्ततः॥4/28॥

मा नः कुले वैरकृत् कश्चिदस्तु
राजाऽमात्यो मा परस्वापहारी।
मित्रद्रोही नैकृतिकोऽनृती वा
पूर्वाशी वा पितृदेवातिथिभ्यः॥4/32॥

न कुलं वृत्तहीनस्य प्रमाणमिति मे मतिः।
अंतेष्वपि हि जातानां वृत्तमेव विशिष्यते॥2/41॥

अष्टौ पूर्वनिमित्तानि नरस्य विनशिष्यतः।
ब्राह्मणान् प्रथमं द्वेष्टि ब्राह्मणैश्च विरुध्यते॥1/98॥

ब्राह्मणस्वानि चादत्ते ब्राह्मणाश्च जिघांसति।
रमते निन्दया चैषां प्रशंसां नाभिनंदति॥1/99॥

नैनान् स्मरति कृत्येषु याचितश्चाभ्यसूयति।
एतान् दोषान् नरः प्राज्ञो बुध्येद बुद्ध्वा विवर्जयेत्॥1/100॥

यदि सन्तं सेवति यद्यसन्तं
तपस्विनं यदि वा स्तेनमेव।
वासो यथा रंगवशं प्रयाति
तथा स तेषां वशमभ्युपैति॥4/10॥

तृणानि भूमिरुदकं वाक् चतुर्थी च सूनृता।
सतामेतानि गेहेषु नोच्छिद्यंते कदाचन॥4/34॥

सूक्ष्मोऽपि भारं नृपते स्यन्दनो वै
शक्तो वोढुं न तथान्ये महीजाः।

एव युक्ता भारसहा भवन्ति
महाकुलीना न तथान्ये मनुष्याः ॥ 4/36 ॥

सर्पाश्चाग्निश्च सिंहश्च कुलपुत्रश्च भारत।
नावज्ञेया मनुष्येण सर्वे ह्येते ऽतितेजसः ॥ 5/59 ॥

एवमेव कुले जाता पावकोपमतेजसः।
क्षमावंतो निराकाराः काष्ठे ऽग्निरिव शेरते ॥ 5/62 ॥

ज्ञातयो वर्धनीयास्तैर्य इच्छन्त्यात्मनः शुभम्।
कुलवृद्धिं च राजेन्द्र तस्मात् साधु समाचार ॥ 7/18 ॥

श्रेयसा यौक्ष्यते राजन् कुर्वाणो ज्ञातिसत्क्रियाम्।
विगुणा ह्यपि संरक्ष्या ज्ञातयो भरतर्षभ।
किं पुनर्गुणवंतस्ते त्वत्प्रसादाभिकाङ्क्षिणः ॥ 7/19 ॥

सम्भोजनं सकथनं सम्प्रीतिश्च परस्परम्।
ज्ञातिभिः सह कार्याणि न विरोधः कदाचन ॥ 7/23 ॥

ज्ञातयस्तारयन्तोह ज्ञातयो मज्जयन्ति च।
सुवृत्तास्तारयंतीह दुर्वृत्ता मज्जयन्ति च ॥ 7/24 ॥

नित्योदकी. नित्ययज्ञोपवीती
नित्यस्वाध्यायी पतितान्नवर्जी।
सत्यं ब्रुवन् गुरवे कर्म कुर्वन्
न ब्राह्मणश्च्यवते ब्रह्मलोकात् ॥ 8/25 ॥

अधीत्य वेदान् परिसंस्तीर्य चाग्नी-
निष्ट्वा यज्ञैः पालयित्वा प्रजाश्च।
गोब्राह्मणार्थं शस्त्रपूतांतरात्मा
हतः सङ्ग्रामे क्षत्रियः स्वर्गमेति ॥ 8/26 ॥

वैश्योऽधीत्य ब्राह्मणान् क्षत्रियांश्च
धनः काले संविभज्याश्रितांश्च।

त्रेतापूत धूममाघ्राय पुण्यं
प्रेत्य स्वर्गे दिव्यसुखानि भुङ्क्ते ॥ 8/27 ॥

ब्रह्मं क्षत्रं वैश्यवर्णं च शूद्रः
क्रमेणैतान्न्यायतः पूजयानः।
तुष्टेष्वेतेष्वव्यथो दग्धपाप-
स्त्यक्त्वा देहं स्वर्गसुखानि भुङ्क्ते ॥ 8/28 ॥

गृहपति के कर्त्तव्य

पितुरन्तःपुरं दद्यान्मातुर्दद्यान्महानसम्।
गोषु चात्मसमं दद्यात स्वयमेव कृषिं व्रजेत।
भृत्यैर्वाणिज्यचारं च पुत्रः सेवेत च द्विजान्॥6/12॥

अजोक्षा चन्दनं वीणा आदर्शो मधुसर्पिषी।
विमौदुम्बरं शंखः स्वर्णनाभोऽथ रोचना॥8/10॥

गृहे स्थापयितव्यानि धन्यानि मनुरब्रवीत्।
देवब्राह्मणपूजार्थमतिथीनां च भारत॥8/11॥

उत्पाद्य पुत्राननृणांश्च । कृत्वा
वृत्तिं च तेभ्योऽनुविधाय कांचित्।
स्थाने कुमारीः प्रतिपाद्य सर्वा
अरण्यसंस्थोऽथ मुनिर्बुभूषेत्॥5/39॥

अनीर्षुर्गुप्तदारश्च संविभागी प्रियंवदः।
श्लक्ष्णो मधुरवाक् स्त्रीणां न चासां वशगो भवेत्॥6/10॥

चत्वारि ते तात गृहे वसंतु श्रियाभिजुष्टस्य गृहस्थधर्मे।
वृद्धो ज्ञातिरवसन्नः कुलीनः सखा दरिद्रो भगिनी
चानपत्या॥1/75

पूजनीया महाभागाः पुण्याश्च गृहदीप्तयः।
स्त्रियः श्रियो गहस्थोक्तास्तस्माद् रक्ष्या विशेषतः॥6/11॥

त्रय एबाधना राजन् भार्या दासस्तथा सुतः।
यत्ते समधिगच्छन्ति यस्य ते तस्य तद्धनम्॥1/69॥

यस्तात न क्रुध्यति सर्वकाल
मृत्यस्य भक्तस्य हिते रतस्य।
तस्मिन् भृत्या भर्तरि विश्वसन्ति
न चैनमापत्सु परित्यजन्ति ॥5/22॥

यो ज्ञातिमनुगृह्णाति दरिद्रं दीनमातुरम्।
स पुत्रपशुभिर्वृद्धिं श्रेयश्चानन्त्यमश्नुते॥7/17॥

उत्तमानेव सेवेत प्राप्तकाले तु मध्यमान्।
अधमांस्तुन सेवेत य इच्छेद् भूतिमात्मनः॥4/20॥

प्राप्नोति वै वित्तमसब्दलेन
नित्योत्थानात् प्रज्ञया पौरुषेण।
न त्वेव सम्यग् लभते प्रशंसा
न वृत्तमाप्नोति महाकुलानाम्॥4/21॥

संक्लिष्टकर्माणमतिप्रमादं
नित्यानृतं चादृढभक्तिकं च।
विसृष्टरागं पटुमानिनं चाप्येतान्
न सेवेत नराधमान् षट्॥5/37॥

कदर्यमाक्रोशकमश्रुतं च
वनौकसं धूर्तममान्यमानिनम्।
निष्ठूरिणं कृतवैर कृतघ्नम्
एतान् भृशार्तोऽपि न जातु याचेत्॥5/36॥

अकर्मशीलं च महाशनं च
लोकद्विष्टं बहुमायं नृशंसम्।
अवेशकालज्ञमनिष्टवेषम्
एतान् गृहे न प्रतिवासयेत॥5/35॥

जितेन्द्रियता

षण्णामात्मनि नित्यानामैश्वर्यं योऽधिगच्छति।
न स पापैः कुतोऽनर्थैर्युज्यते विजितेन्द्रियः॥1/88॥

गुरुरात्मवतां शास्ता शास्ता राजा दुरात्मनाम्।
अथ प्रच्छन्नपापानां शास्ता वैवस्वतो यमः॥3/72॥

पञ्चेन्द्रियस्य मर्त्यस्य छिद्रं चेदेकमिन्द्रियम्॥
ततोऽस्य स्रवति प्रज्ञा दृतेः पात्रादिवोदकम्॥1/82॥

निजानुत्पततः शत्रून पञ्च पञ्चप्रयोजनान्।
यो मोहान्न निगृह्णाति तमापद् ग्रसते नरम्॥2/71॥

यः पञ्चाभ्यन्तरान् शत्रूनविजित्य मनोमयान्।
जिगीषति रिपूनन्यान् रिपवो ऽभिभवन्ति तम्॥2/68॥

अनर्थमर्थतः पश्यन्नर्थं चैवाप्यनर्थतः।
इन्द्रियरजितर्बालः सुदुःखं मन्यते सुखम्॥2/61॥

एतान्यनिगृहीतानि व्यापादयितुमप्यलम्।
अविधेया इवादान्ता हयाः पथि कुसारथिम्॥2/60॥

अर्थानामीश्वरो यः स्यादिन्द्रियाणामनीश्वरः।
इन्द्रियाणामनैश्वर्यादैश्वर्याद् भ्रश्यते हि सः॥2/63॥

यो जितः पञ्चवर्गेण सहजेनात्मकर्षिणा।
आपदस्तस्य वर्धन्ते शुक्लपक्ष इवोडुराट्॥2/55॥

त्रिविधं नरकस्येदं द्वारं नाशनमात्मनः।
कामः क्रोधस्तथा लोभस्तस्मादेतत् त्रयं त्यजेत्॥ 1/71॥

इन्द्रियैरिन्द्रियार्थेषु वर्त्तमानै रनिग्रहैः।
तैरयं ताप्यते लोको नक्षत्राणि ग्रहैरिव॥ 2/54॥

चलानि हीमानि षडिन्द्रियाणि
तेषां यद् यद् वर्धते यत्र यत्र।
ततस्ततः स्रवते बुद्धिरस्य
छिद्रोदकुम्भादिव नित्यमम्भः॥ 4/48॥

चलचित्तमनात्मानमिन्द्रियाणां वशानुगम्।
अर्थाः समतिवर्तन्ते हंसाः शुष्कं सरो यथा॥ 4/40॥

नान्यत्र विद्यातपसोर्नान्यत्रेन्द्रियनिग्रहात्।
नान्यत्र लोभसंत्यागाच्छान्ति पश्यामि ते ऽनघ॥ 4/51॥

अव्याधिजं कटुकं शीर्ष रोगि
पापानुबन्धं पुरुषं तीक्ष्णमुष्णम्।
सतां पेयं यन्न पिबन्त्यसन्तो
मन्युं महाराज पिब प्रशाम्य॥ 4/68॥

अतिमानोऽतिवादश्च तथाऽत्यागो नराधिप।
क्रोधश्चात्मविधित्सा च मित्रद्रोहश्च तानि षट्॥ 5/10॥

एत एवासयस्तीक्ष्णाः कृन्तन्त्यायूंषि देहिनाम्।
एतानि मानवान् घ्नन्ति न मृत्युर्भद्रमस्तु ते॥ 5/11॥

क्षुद्राक्षेणैव जालेन झषावपिहितावुरू।
कामश्च राजन् क्रोधश्च तौ प्रज्ञानं विलुम्पतः॥ 2/66॥

नाग्निस्तृप्यति काष्ठानां नापगानां महोदधिः।
नान्तकः सर्वभूतानां न पुंसां वामलोचना॥ 8/7॥

ऐश्वर्यमदपापिष्ठा मदाः पानमदादयः।
ऐश्वर्यमदमत्तो हि नापतित्वा विबुध्यते॥2/53॥

यत् सुखं सेवमानोऽपि धर्मार्थाभ्यां न हीयते।
कामं तदुपसेवेत न मूढ़व्रतमाचरेत्॥7/60॥

षड् दोषा पुरुषेणेह हातव्या भूतिमिच्छता।
निद्रा तंद्रा भयं क्रोध आलस्यं दीर्घसूत्रता॥1/83॥

वाक्संयमो हि नृपते सुदुष्करतमो मतः।
अर्थवच्च विचित्रं च न शक्यं बहु भाषितुम्॥2/76॥

मर्माण्यस्थीनि हृदयं तथासून्
रूक्षा वाचो निर्दहन्तीह पुंसाम्।
तस्माद् वाचमुषतीमुग्ररूपां
धर्मारामो नित्यशो वर्जयीत॥4/7॥

परश्चेदेनमभिविध्येत वाणैर:-
भृशं सुतीक्ष्णैरनलार्कदीप्तैः।
स विध्यमानोऽप्यतिदह्यमानो
विद्यात्कविः सुकृतंमेदधाति॥4/9॥

प्रज्ञाशरेणाभिहतस्य जन्तोश्-
चिकित्सकाः सन्ति न चौषधानि।
न होममंत्रा न च मंगलानि
नाथर्वणा नाप्यगदाः सुसिद्धाः॥5/58॥

रोहते सायेकैर्विद्धं वनं परशुना हतम्।
वाचा दुरुक्तं बीभत्सं न संरोहति वाक्क्षतम्॥2/78॥

यस्मै देवाः प्रयच्छन्ति पुरुषाय पराभवम्।
बुद्धिं तस्यापकर्षन्ति सोऽवाचीनानि पश्यति॥2/81॥

जिता सभा वस्त्रवता मिष्टाशा गोमता जिता।
अध्वा जितो यानवत्ता सर्वं शीलवता जितम् ॥ 2/47 ॥

शीलं प्रधानं पुरुषे तद् यस्येह प्रणश्यति।
न तस्य जीवितेनार्थो न धनेन न बंधुभिः ॥ 2/48 ॥

बुद्धौ कलुषभूतायां विनाशे प्रत्युपस्थिते।
अनयो नयसंकाशो हृदयान्नावसर्पति ॥ 2/82 ॥

जरा रूपं हरति धैर्यमाशा
मृत्युः प्राणान् धर्मचर्या मसूया।
कामो ह्रियं वृत्तमनार्य सेवा
क्रोधः श्रियं सर्वमेवाभिमानः ॥ 5/8 ॥

विद्यामदो धनमदस्तृतीयोऽभिजनो मदः।
मदा एते ऽवलिप्तानामेत एव सतां दमाः ॥ 2/44 ॥

अवृत्तिर्भयमन्त्यानां मध्यानां मरणाद् भयम्।
उत्तमानां तु मानामवमानात् परं भयम् ॥ 2/52 ॥

गतिरात्मवतां सन्तः सन्त एव सतां गतिः।
असतां च गतिः सन्तो न त्वसन्तः सतां गतिः ॥ 2/46 ॥

समवेक्ष्येह धर्माथौं सम्भारान् योऽधिगच्छति।
स वै सम्भृतसंभारः सतत् सुखमेधते ॥ 2/67 ॥

दुःख-सुख

असम्यगुपयुक्तं हि ज्ञानं सुकुशलैरपि।
उपलभ्यं चाविदितं विदितं चाननुष्ठितम्॥7/33॥

पापोदयफलं विद्वान् यो नारभति वर्धते॥7/34॥

यस्तु पूर्वकृतं पापमविमृश्यानुवर्तते।
अगाधपंके दुर्मेधा विषमे विनिपात्यते॥7/35॥

सुखं च दुःखं च भवाभवौ च
लाभालाभौ मरणं जीवितं च।
पर्यायशः सर्वमेते स्पृशन्ति
तस्माद् धीरो न च हृष्येन्न शोचेत्॥4/47॥

पुनर्नरो म्रियते जायते च
पुनर्नरो हीयते वर्धते च।
पुनर्नरः याचति याच्यते च
पुनर्नरः शोचति शोच्यते च॥4/46॥

स्वास्तीर्णानि शयानानि प्रपन्ना
न वै भिन्ना जातु निन्द्रां लभन्ते।
न स्त्रीषु राजन् रतिमाप्नुवन्ति
न मागधैः स्तुयमाना न सूतैः॥4/55॥

न वै तेषां स्वदते पथ्यमुक्तं
योगक्षेमं कल्पते नैव तेषाम्।
भिन्नानां वै मनुजेन्द्र परायणं।
न विद्यते किंचिदन्यद् विनाशात्॥4/57॥

आढ्यानां मांसपरमं मध्यानां गोरसोत्तरम्।
तैलोत्तर दरिद्राणां भोजनं भरतर्षभ॥2/49॥

य इर्ष्युः परवित्तेषु रूपे बीर्ये कुलान्वये।
सुखसौभाग्यसत्कारे तस्य व्याधिरनन्तकः॥2/42॥

अकार्यकरणाद् भीतः कार्याणां च विवर्जनात्।
अकाले मंत्रभेदाच्च येन मायेन्न तत् पिबेत!॥2143॥

प्राणेय श्रीमतां लोके भोक्तुं शक्तिर्न विद्यते।
जीर्यन्त्यपि हि काष्ठानि दरिद्राणां महीपते॥2/51॥

असंत्यागात् पापकृतामपां-
स्तुल्यो दण्डः स्पृशते मिश्रभावात्।
शुष्केणार्द्रं दह्यते मिश्रभावात्
तस्मात् पापैः सहसंधिं न कुर्यात्॥2/70॥

अनवाप्यं च शोकेन शरीरं चोपतप्यते।
अमित्राश्च प्रहृष्यन्ति मा स्म शोके मनः कृथा॥4/45॥

अप्रशस्तानि कार्याणि यो मोहादनुतिष्ठति।
स तेषां विपरिभ्रंशाद् भ्रंश्यते जीवितादपि॥6/21॥

कर्मणां तु प्रशस्तानामनुष्ठानं सुखावहम्।
तेषामेवाननुष्ठानं पश्चात्तापकरं मतम्॥6/22॥

दुःखार्तेषु प्रमत्तेषु नास्तिकेष्वलसेषु च।
न श्रीर्वसत्यदान्तेषु ये चोत्साहविवर्जिताः॥7/61॥

सहस्रिणोऽपि जीवन्ति जीवन्ति शतिनस्तथा।
धृतराष्ट्र विमुञ्चेच्छां न कथञ्चिन्न जीव्यते॥7/82॥

बुद्ध्या भयं प्रणुदति तपसा विन्दते महत्।
गुरुशुश्रूषया ज्ञानं शान्ति योगेन विन्दति॥4/52॥

यथा यथा हि पुरुषः कल्याणे कुरुते मनः।
तथा तथाऽस्य सर्वार्थाः सिद्ध्यन्ते नात्र संशयः॥ 3/42॥

योऽभ्यर्चितः सद्भिरसज्जमानः
करोत्यर्थं शक्तिमहापयित्वा।
क्षिप्रं यशस्तं समुपैति सन्तमलं
प्रसन्ना हि सुखाय सन्तः॥ 8/1॥

महान्तमप्यर्थमधर्मयुक्तं
यः संत्यजत्यनपाकृष्ट एव।
सुखं सुदुःखान्यवमुच्य शेते
जीर्णां त्वचं सर्प इवावमुच्य॥ 8/2॥

आरोग्यमानृण्यमविप्रवासः सद्भिर्मनुष्यैः सहसम्प्रयोगः।
स्वप्रत्ययावृत्तिरभीतवासः षड् जीवलोकस्य सुखानि
राजन्॥ 1/94॥

अष्टाविमानि हर्षस्य नवनीतानि भारत।
वर्तमानानि दृश्यन्ते तान्येव स्वसुखान्यपि॥ 1/101॥

समागमश्च सखिभिर्महांश्चैव धनागमः।
पुत्रेण च परिष्वंगः सन्निपातश्च मैथुने॥ 1/102॥

समये च प्रियालापः स्वयूथ्येषु समुन्नतिः।
अभिप्रेतस्य लाभश्च पूजा च जनसंसदि॥ 1/103॥

सुव्याहृतानि धीराणां फलतः परिचिन्त्य यः।
अध्यवस्यति कार्येषु चिरं यशसि तिष्ठति॥ 7/32॥

यस्य दानजितं मित्रं शत्रवो युधि निर्जिताः।
अन्नपानजिता दाराः सफलं तस्य जीवितम्॥ 7/81॥

आयत्यां प्रतिकारशस्तदात्वे दृढनिश्चयः।
अतीते कार्यशेषज्ञो नरोऽथैर्न प्रहीयते॥ 7/54॥

निन्दनीय कर्म

असूयैकपदं मृत्युरतिवादः श्रियो वधः।
अशुश्रूषा त्वरा श्लाघा विद्यायाः शत्रवस्त्रयः॥8/4॥

आलस्यं मदमोहौ च चापलं गोष्ठिरेव च।
स्तब्धता चाभिमानित्वं तथात्यागित्वमेव च॥
एते वै सप्त दोषाः स्युः सदा विद्यार्थिनां मंताः॥8/5॥

हरणं च परस्वानां परदाराभिमर्शनम्।
सुहृदश्च परित्यागस्त्रयो दोषाः क्षयावहाः॥1/70॥

ईर्ष्यु घृणी न सन्तुष्टः क्रोधनो नित्यशंकितः।
परभाग्योपजीवी च षडेते नित्यदुःखिताः॥1/95॥

नगरे प्रतिरुद्धः सन् बहिद्र्वारे बुभुक्षितः।
अमित्रान् भूयसः पश्येद् यः साक्ष्यमनृतं वदेत् ॥3/33॥

पञ्च पश्वनृते हन्ति दश हन्ति गवानृते।
शतमश्वानृते हन्ति सहस्रं पुरुषानृते॥3/34॥

हन्ति जातानजातांश्च हिरण्यार्थे ऽनृतं वदन्।
सर्वं भूम्यनृते हन्ति मास्म भूम्यनृतं वदेः॥3/35॥

सामुद्रिकं वणिजं चोरपूर्वं
शलाकधूर्तं च चिकित्सकं च।
अरिं च मित्रं च कुशीलवं च
नैतान् साक्ष्ये त्वधिकुर्वीत सप्त॥3/45॥

असूयको दंदशूको निष्ठुरो वैरकृच्छठः।
सः कृच्छ्रं महदाप्रोति नचिरात् पापमाचरन्॥3/65॥

विश्वस्तस्यैति यो दारान् यश्चापि गुरुतल्पगः।
वृषलीपतिर्द्विजो यश्च पानपश्चैव भारत॥
आदेशकृद् वृत्तिहन्ता द्विजानां प्रेषकश्च यः।
शरणागतहा चैव सर्वे ब्रह्महणः समाः।
एतैः समेत्य कर्त्तव्यं प्रायश्चित्तमिति श्रुतिः॥5/12-13॥

द्यूतमेतत् पुराकल्पे दृष्टं वैरकरं नृणाम्।
तस्माद् द्यूतं न सेवेत हास्यार्थमपि बुद्धिमान्॥5/19॥

न्यायागतस्य द्रव्यस्य बौद्धव्यौ द्वावतिक्रमौ।
अपात्रे प्रतिपत्तिश्च पात्रे चाप्रतिपादनम्॥1/64॥

द्वावम्भसि निवेष्टव्यौ गले बध्वा दृढ़ां शिलाम्।
धनवंतमदातारं दरिद्रं चातपस्विनम्॥1/65॥

जरा रूपं हरति हि धैर्यमाशा
मृत्युः प्राणान् धर्मचर्यामसूया।
क्रोधः श्रियं शीलमनार्यसेवा
ह्रियं कामः सर्वमेवाभिमानः॥3/51॥

पंडित कौन

आत्मज्ञानं समारम्भस्तितिक्षा धर्मनित्यता।
यमर्था नापकर्षन्ति स वै पण्डित उच्यते॥ 1/20॥

निषेवते प्रशस्तानि निन्दितानि न सेवते।
अनास्तिकः श्रद्दधान एतत् पण्डितलक्षणम्॥ 1/21॥

क्रोधो हर्षश्च दर्पश्च ह्रीस्तम्भो मान्यमानिता।
यमर्थान्नापकर्षन्ति स वै पण्डित उच्यते॥ 1/22॥

यस्य कृत्यं न विघ्नन्ति शीतमुष्णं भयं रतिः।
समृद्धिरसमृद्धिर्वा स वै पण्डित उच्यते॥ 1/24॥

यस्य संसारिणी प्रज्ञा धर्मार्थावनुवर्तते।
कामादथ वृणीते यः स वै पण्डित उच्यते॥ 1/25॥

यथाशक्ति चिकीर्षन्ति यथाशक्ति च कुर्वते।
न किञ्चदवमन्यन्ते नराः पण्डितबुद्धयः॥ 1/26॥

क्षिप्रं विजानाति चिरं शृणोति विज्ञाय चार्थं
भजते न कामात्।
नासंपृष्टो व्युपयुङ्क्ते परार्थे तत् प्रज्ञानं प्रथमं
पण्डितस्य॥ 1/27॥

नाप्राप्यमभिवाञ्छन्ति नष्टं नेच्छन्ति शोचितुम्।
आपत्सु च न मुह्यन्ति नराः पण्डितबुद्धयः॥ 1/28॥

निश्चित्य यः प्रक्रमते नान्तर्वसति कर्मणः।
अवन्ध्यकालो वश्यात्मा स वै पण्डित उच्यते॥1/29॥

न हृष्यत्यात्मसम्माने नावमानेन तप्यते।
गांगो हृद इवाक्षोभ्यो यः स पण्डित उच्यते॥1/31॥

तत्त्वज्ञः सर्वभूतानां योगज्ञः सर्वकर्मणाम्।
उपायज्ञो मनुष्याणां नरः पण्डित उच्यते॥1/32॥

प्रवृत्तवाक् चित्रकथ ऊहवान् प्रतिभानवान्।
आशु ग्रंथस्य वक्ता च यः स पण्डित उच्यते॥1/33॥

श्रुतं प्रज्ञानुगं यस्य प्रज्ञा चैव श्रुतानुगा।
असम्भिन्नार्यमर्यादः पण्डिताख्यां लभेत सः॥1/34॥

अर्थं महांतमासाद्य विद्यामैश्वर्यमेव वा।
विचरत्यसमुन्नद्धो यः स पण्डित उच्यते॥
(महाभारत, उद्योग पर्व, ॥33/40॥)

अर्थं महांतमासाद्य विद्यामैश्वर्यमेव वा।
विचरत्यसमुन्नद्धो यः स पण्डित उच्यते॥1/45॥

अप्युन्मत्तात् प्रलपतो बालाच्च परिजल्पतः।
सर्वतः सारमादद्याद् अश्मभ्य इव काञ्चनम्॥
सुव्याहृतानि सूक्तानि सुकृतानि ततस्ततः।
संचिन्वन् धीर आसीत् शिलाहारी शिलं
यथा॥2/32-33॥

प्रयोजनेषु ये सक्ता न विशेषेणु भारत।
तानहं पण्डितान् मन्ये विशेषा हि प्रसंगिनः॥6/43॥

गहीतवाक्यो नयविद् वदान्यः
शेषान्नभोक्ता ह्यविहिंसकश्च।
नानार्थकृत्याकुलितः कृतज्ञः
सत्यो मृदुः स्वर्गमुपैति विद्वान्॥5/14॥

बुद्धिमान्

न संरम्भेणारभते त्रिवर्गमाकारितः शंसति तत्त्वमेव।
न मात्रार्थे रोचयते विवादं नापूजितः कुप्यति
चाप्यमूढः॥1/114॥

यो नोद्धतं कुरुते जातु वेषं न पौरुषेणापि विकत्थतेऽन्यान्।
न मूर्च्छितः कटुकान्याह किञ्चित् प्रियं सदा तं कुरुते
जनो हि॥1/116॥

न वैरमुद्दीपयति प्रशान्तं न दर्पमारोहति नास्तमेति।
न दुर्गतोऽस्मीति करोत्यकार्यं तमार्यशीलं
परमाहुरार्याः॥1/117॥

न योऽभ्यसूयत्यनुकम्पते च न दुर्बलः प्रातिभाव्यंकरोति।
नात्याह किञ्चित् क्षमते विवादं सर्वत्र तादृग्लभते
प्रशंसाम्॥1/115॥

देशाचारान् समयाञ्जातिधर्मान् बुभूषते यः स परावरज्ञः।
स यत्र तत्राभिगतः सदैव महाजनस्याधिपत्यं
करोति॥1/119॥

दम्भं मोहं मात्सर्यं पापकृत्यं राजद्विष्टं पैशुनं पूगवरम्।
मत्तोन्मत्तैर्दुर्जनैश्चापि वादं यः प्रज्ञावान् वर्जयेत् स
प्रधानः॥1/120॥

दानं शौचं दैवतं मंगलानि
प्रायश्चित्तान् विविधान् लोकवादान्।

एतानि यः कुरुते नैत्यकानि
तस्योत्थानं देवता राधयन्ति ॥ 1/121 ॥

समर्विवाहं कुरुते न हीनैः
समैः सख्यं व्यवहारं कथां च।
गुणैर्विशिष्टांश्च पुरो दधाति
विपश्चितस्य नयाः सुनीताः ॥ 1/122 ॥

मित्तं भुङ्क्ते संविभज्याश्रितेभ्यो मितं स्वपित्यमितं कर्म कृत्वा।
ददात्यमित्रेष्वपि याचितः संस्तमात्मवन्तं प्रजहत्यनार्थाः ॥ 1/123 ॥

यः सर्वभूतप्रशमे निविष्टः सत्यो मृदुर्मानकृच्छुद्धभावः।
अतीव स ज्ञायते ज्ञातिमध्ये महामणिर्जात्य इव प्रसन्नः ॥ 1/125 ॥

चिकीर्षितं विप्रकृतं च यस्य नान्ये जनाः कर्म जानन्ति किञ्चित्।
मन्त्रे गुप्ते सम्यगनुष्ठिते च नाल्पोऽप्यस्य च्यवते कश्चिदर्थः ॥ 1/124 ॥

य आत्मनाऽपत्रपते भृशं नरः स सर्वलोकस्य गुरुर्भवत्युत।
अनंततेजाः सुमनाः समाहितः स तेजसा सूर्यं इवावभासते ॥ 1/126 ॥

सुदुर्बलं नावजानाति कंचिद्
युक्तो रिपुं सेवते बुद्धिपूर्वम्।
न विग्रहं रोचयते बलस्थैः
काले च यो विक्रमते स धीरः ॥ 1/111 ॥

प्राप्यापदं न व्यथते कदाचिद् उद्योगमन्विच्छति
चाप्रमत्तः।
दुःखं च काले सहते महात्मा धुरंधरस्तस्य जिताः
सपत्नाः ॥1/112॥

निरर्थं कलह प्राज्ञो वर्जयेन्मूढ़सेवितम्।
कीर्तिं च लभते लोके न चानर्थेन युज्यते॥6/30॥

अनर्थकं विप्रवासं गृहेभ्यः पापैः सन्धिं परदारा-
भिमर्शम्।
दम्भं स्तैन्यं पैशुन्यं मद्यपानं न सेवते यः स सुखी
सदैव॥1/113॥

यतो यतो निवर्तते ततस्ततो विमुच्यते।
निवर्तनाद्धि सर्वतो न वेत्ति दुःखमण्वपि॥4/14॥

मंत्रभेदस्य षट् प्राज्ञो द्वाराणीमानि लक्षयेत्।
अर्थसंततिकामश्च रक्षेदेतानि नित्यशः॥7/36

मदं स्वप्नमविज्ञानमाकार चात्मसम्भवम्।
दुष्टामात्येषु विश्रम्भं दूताच्चाकुशलादपि॥7/37॥

अतिवादं न प्रवदेन्न वादयेद्
यो नाहतः प्रतिहन्यान्न घातयेत्।
हन्तुं च यो नेच्छति पापकं वै
तस्मै देवाः स्पृहयन्त्यागताय॥4/ ॥

दश धर्मं न जानन्ति धृतराष्ट्र निबोध तान्।
मत्तः प्रमत्त उन्मत्तः श्रान्तः क्रुद्धो बुभुक्षितः॥1/106

त्वरमाणश्च लुब्धश्च भीतः कामी च ते दश।
तस्मादेतेषु सर्वेषु न प्रसज्जेत पण्डितः॥1/107॥

यत् पृथिव्यां ब्रीहियवं हिरण्यं पशवः स्त्रियः।
नालमेकस्य तत् सर्वमिति प्रश्यन्न मुह्यति॥7/83॥

मनुष्य की कोटियां

भावमिच्छति सर्वस्य नाभावे कुरुते मनः।
सत्यवादी, मृदुर्दान्तो यः स उत्तमपूरुषः॥4/16॥

नानर्थकं सान्त्वयति प्रतिज्ञाय ददाति च।
रन्ध्रं परस्य जानाति यः स मध्यमपूरुषः॥4/17॥

दुःशासनस्तूपहतोऽभिशस्तो
नावर्तते मन्युवशात् कृतघ्नः।
न कस्यचिन्मित्रमथो दुरात्मा
कलाश्चैता अधमस्येह पुंसः॥4/18॥

न श्रद्दधाति कल्याणं परेभ्योऽप्यात्म शंकितः।
निराकरोति मित्राणि यो वै सोऽधमपूरुषः॥4/19॥

न जीयते चानुजिगीषतेऽन्यान् न वैरकृच्चा-
प्रतिघातकश्च।
निन्दाप्रशंसासु समस्वभावो न शोचते हृष्यति नैव
चायम्॥4/15॥

पूर्वे वयसि तत् कुर्याद् येन वृद्धः सुखं वसेत्।
यावज्जीवेन तत् कुर्याद् येन प्रेत्य सुखं वसेत्॥3/69॥

दिवसेनैव तत् कुर्याद् येन रात्रौ सुखं वसेत्।
अष्टमासेन तत् कुर्याद् येन वर्षाः सुखं वसेत्॥3/68॥

सुर्वणपुष्पां पृथिवीं चिन्वन्ति पुरुषास्त्रयः।
शूरश्च कृतविद्यश्च यश्च जानाति सेवितुम्॥3/75॥

अव्याहृतं व्याहृताच्छ्रेय आहुः
सत्यं वदेद् व्याहृतं यद् द्वितीयम्।
प्रियं वदेद् व्याहृतं तत् तृतीयं
धर्मं वदेद् व्याहृतं तच्चतुर्थम्॥ 4/12॥

याद्दशैः संनिविशते याद्दशांश्चोपसेवते।
याद्दगिच्छेच्च भवितुं ताद्दग् भवति पूरुषः॥ 4/13॥

अकस्मादेव कुप्यन्ति प्रसीदन्त्यनिमित्ततः।
शीलमेतदसाधूनामभ्रं पारिप्लवं यथा॥ 4/41॥

अपनीतं सुनीतेन योऽर्थं प्रत्यानिनीषते।
मतिप्रास्थाय सुद्दढ़ां तदकापुरुषव्रतम्॥ 7/53॥

मित्रता

न तन्मित्रं यस्य कोपाद् बिभेति
यद् वा मित्रं शङ्कितेनोपचर्यम्।
यस्मिन् मित्रे पितरीवाश्वसीत
तद् व मित्रं संगतानीतराणि॥4/37॥

कृतज्ञं धार्मिकं सत्यमक्षुद्रं दृढभक्तिकम्।
जितेन्द्रियं स्थितं स्थित्यां मित्रमत्यागि चेष्यते॥7/50॥

यः कश्चिदप्यसम्बद्धो मित्रभावेन वर्तते।
स एव बंधुस्तन्मित्रं सा गतिस्तत् परायणम्॥4/38॥

सुलभाः पुरुषा राजन् सततं प्रियवादिनः।
अप्रियस्य तु पथ्यस्य वक्ता श्रोता च दुर्लभः॥5/15॥

अर्चयेदेव मित्राणि सति वाऽसति वा धने।
नानर्थयन् प्रजानीयात् मित्रणां सारफल्गुताम्॥4/43॥

यो हि धर्मं समाश्रित्य हित्वा भर्तः प्रियाप्रिये।
अप्रियाण्याह पथ्यानि तेन राजा सहायवान्॥5/16॥

मत्या परीक्ष्य मेधावी बुद्ध्या सम्पाद्य चासकृत्।
श्रुत्वा दृष्ट्वाथ विज्ञाय प्राज्ञैर्मैत्रीं समाचरेत्॥7/41॥

चलचित्तस्य वै पुंसो वृद्धाननुपसेवतः।
पारिप्लवमतेर्नित्यमध्रुवो मित्रसंग्रहः॥4/39॥

प्राज्ञोपसेविनं वैद्यं धार्मिकं प्रियदर्शनम्।
मित्रवन्तं सुवाक्यं च सुहृदं परिपालयेत्॥7/45॥

यशोऽश्चित्तेन वा चित्तं निभृतं निभृतेन वा।
समेति प्रज्ञया प्रज्ञा तयोर्मैत्री न जीर्यति॥7/47॥

दुर्बुद्धिमकृत्तप्रज्ञं छन्नं कूपं तृणैरिव।
विवर्जयीत मेधावी तस्मिन् मैत्री प्रणश्यति॥7/48॥

अवलिप्तेषु मूर्खेषु रौद्रं साहसिकेषु च।
तथैवापेतधर्मेषु न मैत्रीमाचरेत् बुधः॥7/49॥

सत्कृताश्च कृतार्थाश्च मित्राणं न भवन्ति ये।
तान् मृतानपि क्रव्यादाः कृतघ्नान्नोपभुञ्जते॥4/42॥

निवर्तमाने सौहार्दे प्रीतिर्नीचे प्रणश्यति।
या चैव फलनिर्वृत्तिः सौहृदे चैव यत् सुखम्॥7/14

यतते चापवादाय यत्नमारभते क्षये।
अल्पेऽप्यपकृते मोहान्न शान्तिमधिगच्छति॥7/15॥

तादृशैः संगतं नीचैर्नृशंसैरकृतात्मभिः।
निशम्य निपुणं बुद्ध या विद्वान् दूराद् विवर्जयेत्॥7/16॥

न निह्नवं मंत्रगतस्य गच्छेत्
संसृष्टमंत्रस्य कुसंगतस्य।
न च ब्रयान्नाश्वसिमित्वयीति
सकारणं व्यपदेशं तु कुर्यात्॥5/29॥

दुष्कुलीनः कुलीनो वा मर्यादां यो न लंघयेत्।
धर्मापेक्षी मृदुह्रीमान् स कुलीनशताद्वरः॥7/46॥

मूर्ख कौन

अश्रुतश्च समुन्नद्धो दरिद्रश्च महामनाः।
अर्थांश्चाकर्मणा प्रेप्सुर्मूढ इत्युच्यते बुधैः॥1/35॥

स्वमर्थं यः परित्यज्य परार्थमनुतिष्ठति।
मिथ्या चरति मित्रार्थे यश्च मूढ़ः स उच्यते॥1/36॥

अकामान् कामयति यः कामयानान् परित्यजेत्।
बलवन्तं च यो द्वेष्टि तमाहुर्मूढ़चेतसम्॥1/37॥

अमित्रं कुरुते मित्रं मित्रं द्वेष्टि हिनास्ति च।
कर्म चारभते दुष्टं तमाहुर्मूढ़चेतसम्॥1/38॥

संसारयति कृत्यानि सर्वत्र विचिकित्सते।
चिरं करोति क्षिप्रार्थे स मूढ़ो भरतर्षभ॥1/39॥

श्राद्धं पितृभ्यो न ददाति दैवतानि च नार्चति।
सुहृन्मित्रं न लभते तमाहुर्मूढ़चेतसम्॥1/40॥

अनाहूतः प्रविशात अपृष्टो वहु भाषते।
अविश्वस्ते विश्वसिति मूढ़चेता नराधमः॥1/41॥

परं क्षिपति दोषेण वर्तमानः स्वयं तथा।
यश्च क्रुध्यत्यनीशानः स च मूढतमो नरः॥1/42॥

आत्मनो बलमज्ञाय धर्मार्थपरिवजितम्।
अलभ्यमिच्छन्नै ष्कर्म्यान्मूढ़बुद्धिरिहोच्यते ॥1/43॥

सप्तदशेमान् राजेन्द्र मनुः स्वायंभुवोऽब्रवीत्।
वैचित्रवीर्य पुरुषान् आकाशं मुष्टिभिर्घ्नतः ॥ 5/1 ॥

दानवेन्द्रस्य च धनुरनाम्यं नमतोऽब्रवीत्।
अथो मरीचिनः पादान् आग्राह्यान् गृह्णातस्तथा ॥ 5/2 ॥

यश्चाशिष्यं शास्ति वै यश्च तुष्येद्
यश्चातिवेलं भजते द्विषन्तम्।
स्त्रियश्च यो रक्षति भद्रमश्नुते
यश्चायाच्यं याचते कत्थते च ॥ 5/3 ॥

यश्चाभिजातः प्रकरोत्यकार्यं
यश्चाबलो बलिना नित्यवैरी।
अश्रद्दधानाय च यो ब्रवीति
यश्चाकाम्यं कामयते नरेन्द्र ॥ 5/4 ॥

वध्वावहासं श्वशुरो मन्यते यो
वध्वाऽवसन्नभयो मानकामः।
परक्षेत्रे निर्वपति यश्च बीजं
स्त्रियं च यः परिवदते ऽतिवेलम् ॥ 5/5 ॥

यश्चापि लब्ध्वा न स्मरामीति वादी
दत्वा च यः कत्थति याच्यमानः।
यश्चासतः सत्वमुपानयीत
एतान् नयन्ति निरयं पाशहस्ताः ॥ 5/6 ॥

विद्याशीलवयोवृद्धान् बुद्धिवृद्धांश्च भारत।
धनाभिजातवृद्धांश्च नित्यं मूढोऽवमन्यते ॥ 6/33 ॥

अप्राप्तकालं वचनं बृहस्पतिरपि ब्रुवन्।
लभते वृद्ध्यवज्ञानमवमानं च भारत ॥ 7/2 ॥

वनस्पतेरपक्वानि फलानि प्रचिनोति यः।
स नाप्नोति रसं तेभ्यो बीजं चास्य विनश्यति॥2/15॥

यस्तु पक्वमुपादत्ते काले परिणतं फलम्।
फलाद्रसं स लभते बीजाच्चैव फलं पुनः॥2/16॥

अनसूयाऽऽर्जवं शौचं संतोषः प्रियवादिता।
दमः सत्यामनायासो न भवन्ति दुरात्मनाम्॥2/72॥

आत्मज्ञानमनायासस्तितिक्षा धर्मनित्यता।
वाक् चैव गुप्तादानं च नैतान्यन्त्येषु भारत॥2/73॥

आक्रोशपरिवादाभ्यां विहिंसन्त्यबुधा बुधान्।
वक्ता पापमुपादत्ते क्षममाणो विमुच्यते॥2/74॥

हिंसाबलमसाधूनां राज्ञां दण्तविधिर्बलम्।
शुश्रूषा तु बलं स्त्रीणां क्षमा गुणवतां बलम्॥2/75॥

राजा के गुण-कर्त्तव्य

स्थानवृद्धिक्षययज्ञस्य षाड्गुण्यविदितात्मनः।
अनवज्ञातशीलस्य स्वाधीना पृथिवी नृप ॥ 6/24 ॥

नाममात्रेण तुष्येत छत्रेण च महीपतिः।
भृत्येभ्यो विसृजेदर्थान्नैकः सर्वहरो भवेत् ॥ 6/26 ॥

दैवतेषु प्रयत्नेन राजसु ब्राह्मणेषु च।
नियन्तव्यः सदा क्रोधो वृद्धबालातुरेषु च ॥ 6/29 ॥

अमोघक्रोधहर्षस्य स्वयं कृत्यान्ववेक्षिणः।
आत्मप्रत्ययकोशस्य वसुदैव वसुन्धरा ॥ 6/25 ॥

चक्षुषा मनसा वाचा कर्मणा च चतुर्धिम्।
प्रसादयति यो लोकं तं लोकोऽनुप्रसीदति ॥ 2/25 ॥

अविजित्य य आत्मानममात्यान् विजिगीषते।
अमित्रान् वाऽजितामात्यः सोऽवशः परिहीयते ॥ 2/56 ॥

वश्येन्द्रिय जिताऽऽत्मानं धृतदण्डं विकारिषु।
परीक्ष्य कारिणं धीरमत्यन्तं श्रीर्निषेवते ॥ 2/58 ॥

द्विजातिपूजाभिरतो दाता ज्ञातिषु चार्जवी।
क्षत्रियः शीलभाग् राजंश्चिरं पालयते महीम् ॥ 3/74 ॥

यः काममन्यू प्रजहाति राजा पात्रे प्रतिष्ठापयते धनं च।
विशेषविच्छ्रुतवान् क्षिप्रकारी तं सर्वलोकः कुरुते
प्रमाणम् ॥ 1/109 ॥

यः प्रमाणं न जानाति स्थाने वृद्धौ तथा क्षये।
कोश जनपदे दण्डे न स राज्येऽवतिष्ठते ॥2/10॥

यस्त्वेतानि प्रमाणानि यथोक्तान्यनुपश्यति।
युक्तो धर्मार्थयोर्ज्ञाने स राज्यमधिगच्छति॥2/11॥

करिष्यन्न प्रभाषेत कृतान्येव तु दर्शयेत्।
धर्मकामार्थकार्याणि तथा मन्त्रो न भिद्यते॥6/16॥

यथा मधु समादत्ते रक्षन् पुष्पाणि षट्पदः।
तद्वद् अर्थान् मनुष्येभ्य आददाद् अविहिंसया॥2/17॥

पुष्पं पुष्पं विचिन्वीत मूलच्छेदं न कारयेत्।
मालाकर इवारामे न यथांगारकारकः॥2/18॥

चत्वारि राज्ञा तु महाबलेन वर्ज्यान्याहुः पण्डित-
स्तानि विद्यात्।
अल्पज्ञैः सह मन्त्रं न कुर्यान्नदीर्घसूत्रै
रभसैश्चारणैश्च॥1/74॥

सुपुष्पितः स्याद् अफलः फलितः स्याद् दुरारुहः।
अपक्व पक्वसंकाशो न तु शीर्येत कर्हिचित्॥2/24॥

सप्त दोषाः सदा राज्ञा हातव्या व्यसनोदयाः।
प्रायशो यैर्विनश्यन्ति कृतमूला अपीश्वराः॥1/96॥

स्त्रियोऽक्षा मृगया पानं वाक्पारुष्यं च पञ्चमम्।
महच्च दण्डपारुष्यमर्थदूषणमेव च॥1/97॥

पितृपैतामहं राज्यं प्राप्तवान् स्वेन कर्मणा।
वायुरभ्रमिवासाद्य भ्रंशयत्यनये स्थितः॥2/_7॥

धर्मेण राज्यं विन्देत धर्मेण परिपालयेत्।
धर्ममूलां श्रियं प्राप्य न जहाति न हियते॥2/31॥

य एव यत्नः क्रियते परराष्ट्रविमर्दने।
स एव यत्नः कर्त्तव्यः स्वराष्ट्र परिपालने॥2/30॥

अभिप्रायं यो विदित्वा तु भर्तुः
सर्वाणि कार्याणि करोत्यतन्द्रीः।
वक्ता हितानामनुरक्त आर्यः
शक्तिज्ञ आत्मेव हि सोऽनुकम्प्यः॥5/25॥

द्वाविमौ ग्रस्ते भूमिः सर्पो बिलशयानिव।
राजानं चाविरोद्धारं ब्राह्मणं चाप्रवासिनम्॥1/58॥

अमात्ये ह्यर्थलिप्सा च मंत्ररक्षणमेव च।
कृतानि सर्वकार्याणि यस्य पारिषदा विदुः॥6/19

धर्मे चार्थे च कामे च स राजा राजसत्तमः।
गूढमंत्रस्य नृपतेस्तस्य सिद्धिरसंशयम्॥6/20॥

यस्य मन्त्रं न जानन्ति बाह्याश्चाभ्यंतराश्च ये।
स राजा सर्वतश्चक्षुश्चिरमैश्वर्यमश्नुते॥6/15॥

अस्तब्धमक्लीबमदीर्घसूत्रं
सानुक्रोशं श्लक्ष्णमहार्यमन्यैः।
अरोगजातीयमुदारवाक्यं
दूतं वदन्त्यष्टगुणोपपन्नम्॥5/27॥

नासुहृत् परमं मन्त्रं भारतार्हति वेदितुम्।
अपण्डितो वापि सुहृत् पण्डितो वाप्यनात्मवान्॥6/18॥

वाक्यं तु यो नाद्रियते ऽनुशिष्टः
प्रत्याह यश्चापि नियुज्यमानः।
प्रज्ञाभिमानी प्रतिकूलवादी
त्याज्यः स तादृक् त्वरयैव भृत्यः॥5/26॥

श्रेष्ठ गुण

पञ्चाग्नयो मनुष्येण परिचर्याः प्रयत्नतः।
पिता माताग्निरात्मा च गुरुश्च भरतर्षभ॥1/79॥

पञ्चैव पूजयंलोके यशः प्राप्नोति केवलम्।
देवान् पितृन् मनुष्यांश्च भिक्षुनतिथिपञ्चमान्॥1/80॥

षडेव तु गुणाः पुंसा न हातव्याः वदाचन।
सत्यं दानमनालस्यमनसूया क्षमा धृतिः॥1/86॥

अष्टौ गुणाः पुरुषं दीपयन्ति प्रज्ञा च कौल्यं च दमः
श्रुतं चं।
पराक्रमश्चाबहुभाषिता च दानं यथाशक्ति
कृतज्ञता च॥1/104॥

सर्वतीर्थेषु वा स्नानं सर्वभूतेषु चार्जवम्।
उभेत्वेते समे स्यातामार्जवं वा विशिष्यते॥3/2॥

यावत्कीर्तिर्मनुष्यस्य पुण्यालोके प्रगीयते।
तावत्स पुरुषव्याघ्र स्वर्गलोके महीयते॥3/4॥

चत्वार्याह महाराज साद्यस्कानि बृहस्पतिः।
पृच्छते त्रिदशेन्द्राय तानीमानि निबोध मे॥
देवतानां च संकल्पमनुभावं च धीमताम्।
विनयं कृतविद्यानां विनाशं पापकर्मणाम्॥1/76-77॥

पीठं दत्त्वां साधवे ऽभ्यागताय
अनीयापः परिनिर्णिज्य पादौ।
सुखं पृष्ट्वा प्रतिवेद्यात्मसस्थां
ततो दद्यादन्नमवेक्ष्य धीरः ॥ 6/2 ॥

धृतिः शमो दमः शौचं कारुण्यं वागनिष्ठुरा।
मित्राणां चानभिद्रोहः सप्तैताः समिधः श्रियः ॥ 6/37 ॥

अतीवगुणसम्पन्नो न जातु विनयान्वितः।
सुसूक्ष्ममपि भूतानामुपमर्दमुपेक्षते ॥ 7/10 ॥

नातः श्रीमत्तरं किंचिदन्यत् पथ्यतमं मतम्।
प्रभविष्णोर्यथा तात क्षमा सर्वत्र सर्वदा ॥ 7/58 ॥

अनिर्वेदः श्रियो मूलं लाभस्य च शुभस्य च।
महान् भवत्यनिर्विण्णः सुखं चानन्त्यमश्नुते ॥ 7/57 ॥

भक्तं च भजमानं च तवस्मीति च वादिनम्।
त्रीन् एताश्छरणं प्राप्तान् विषमे ऽपि न संत्यजेत् ॥ 1/73 ॥

मंगलालम्भनं योगः श्रुतमुत्थानमार्जवम्।
भूतिमेतानि कुर्वन्ति सतां चाभीक्ष्णदर्शनम् ॥ 7/56 ॥

कर्मणा मनसा वाचा यदभीक्ष्णं निषेवते।
तदेवापहरत्येनं तस्मात् कल्याणमाचरेत् ॥ 7/55 ॥

गुणाश्च षण्मितंभुक्तं भजन्ते
आरोग्यमायूश्च बलं सुखं च।
अनाविलं चास्य भवत्यपत्यं
न चैनमाद्यून इति क्षिपन्ति ॥ 5/34 ॥

गुणा देश स्नानशीलं भजन्ते
बलं रूपं स्वरवर्णप्रशुद्धिः।

स्पर्शश्च गन्धश्च विशुद्धता च
श्रीः सौकुमार्यं प्रवराश्च नार्यः ॥ 5/33 ॥

क्षमेदशक्तः सर्वस्य शक्तिमान् धर्मकारणात्।
अर्थानर्थौ समौ यस्य तस्य नित्यं क्षमा हिता ॥ 7/59 ॥

वरप्रदानं राज्यं च पुत्रजन्म च भारत।
शत्रोश्च मोक्षण कृच्छ्रात् त्रीणि चैकं च तत् समम् ॥ 1/72 ॥

शाश्वत नीति वचन

बलं पंचविधं नित्यं पुरुषाणां निबोध मे।
यत्तु बाहुबलं नाम कनिष्ठं बलमुच्यते॥5/52॥

अमात्यलाभो भद्रं ते द्वितीयं बलमुच्यते।
तृतीय धनलाभं तु बलमाहुर्मनीषिणः॥5/53॥

यत्त्वस्य सहजं राजन् पितृपैतामहं बलम्।
अभिजातबलं नाम तच्चतुर्थ बल स्मृतम्॥5/54॥

येन त्वेतानि सर्वाणि संगृहीतानि भारत।
यद् बलानां बलं श्रेष्ठं तत् प्रज्ञाबलमुच्यते॥5/55॥

अग्निस्तेजो महल्लोके गूढ़स्तिष्ठति दारुषु।
न चोपयुङ्क्ते तद्दारु यावन्नोद्दीप्यते परैः॥5/60॥

स एव खलु दारुभ्यो यदा निर्मथ्य दीप्यते।
तद्दारु च वनं चान्यन्निर्दहत्याशु तेजसा॥5/61॥

अपकृत्य बुद्धिमतो दूरस्थोऽस्मीति नाश्वसेत्।
दीर्धौ बुद्धिमतो बाहू याभ्यां हिंसति हिंसतिः॥6/8॥

एकः स्वादु न भुञ्जीत एकश्चार्थान्न चिन्तयेत्।
एको न गच्छेदध्वानं नैकः सुप्तेषु जागृयात्॥1/51॥

द्वाविमौ पुरुषव्याघ्र परप्रत्ययकारिणौ।
स्त्रियः कामितकामिन्यो लोकः पूजितपूजकः॥1/60॥

द्वाविमौ कण्टकौ तीक्ष्णौ शरीरपरिशोषिणौ।
यश्चाधनः कामयते यश्च कुप्यत्यनीश्वरः॥1/61॥

द्वाविमौ न विराजते विपरीतेन कर्मणा।
गृहस्थश्च निरारम्भः कार्यवांश्चैव भिक्षुकः॥1/62॥

त्रयोपाया मनुष्याणां श्रूयंते भरतर्षभ।
कनीयान् मध्यमः श्रेष्ठ इति वेदविदो विदुः॥1/67॥

पञ्च त्वानुगमिष्यन्ति यत्र यत्र गमिष्यसि।
मित्राण्यमित्रा मध्यस्था उपजीव्योपजीविनः॥1/81॥

षडिमान् पुरुषो जह्याद् भिन्नां नावमिवार्णवे।
अप्रवक्तारमाचार्यमनधीयनमृत्विजम् ॥1/84॥

अरक्षितारं राजानं भार्यां चाप्रियवादिनीम्।
ग्रामकामं च गोपालं वनकामं च नापितम्॥1/85॥

अर्थागमो नित्यमरोगिता च
प्रिया च भार्या प्रियवादिनी च।
वश्यश्च पुत्रोऽर्थकरी च विद्या
षड् जीवलोकस्य सुखानि राजन्॥1/87॥

षडिमे षट्सु जीवन्ति सप्तमो नोपलभ्यते।
चौराः प्रमत्ते जीवन्ति व्याधितेषु चिकित्सकाः॥
प्रमदाः कामयानेषु यजमानेषु याजकाः।
राजा विवदमानेषु नित्यं मूर्खेषु पण्डिताः॥1/89-90॥

षडिमानि विनश्यन्ति मुहूर्त्तमनवेक्षणात्।
गावःसेवा कृषिर्भार्या विद्या वृषलसंगतिः॥1/91॥

षडेते ह्यवमन्यन्ते नित्यं पूर्वोपकारिणम्।
आचार्यं शिक्षिताः शिष्याः कृतदाराश्चमातरम्॥

नारीं विगतकामास्तु कृतार्थाश्च प्रयोजकम्।
नावं निस्तीर्णकान्तारा आतुराश्च चिकित्सितम्॥1/92-93॥

गन्धेन गावः पश्यन्ति वेदैः पश्यन्ति ब्राह्मणाः।
चारैः पश्यन्ति राजानश्चक्षुर्भ्या मितरे जनाः॥2/34॥

न देवा दण्डमादाय रक्षन्ति पशुपालवत्।
यं तु रक्षितुमिच्छन्ति बुद्धया संविभजन्ति तम्॥3/41॥

न सा सभा यत्र न सन्ति वृद्धा ।
वृद्धा न ते ये न वदन्ति धर्मम्।
नासौ धर्मो यत्र न सत्यमस्ति
न तत् सत्यं यच्छलेनाभ्युपेतम्॥3/59॥

जीर्णमन्नं प्रशंसन्ति भार्यां च गतयौवनाम्।
शूरं विजितसंग्रामं गतपारं तपस्विनम्॥3/70॥

धनेनाधर्मलब्धेन यच्छिद्रमपिधीयते।
असंवृतं तद् भवति ततोऽन्यदवदीर्यते ॥3/71॥

बुद्धिश्रेष्ठानि कर्माणि बाहुमध्यानि भारत।
तानि जंघाषजघन्यानि भारप्रत्यवराणि च॥3/76॥

न तद्‌बलं यन्मृदुना विरुध्यते
सूक्ष्मो धर्मस्तरसा सेवितव्यः।
प्रध्वंसिनी क्रूरसमाहिता श्रीर्
मृदुप्रौढ़ा गच्छति पुत्रपौत्रान् ॥4/71॥

यस्मिन् यथा वर्तते यो मनुष्यस् ।
तस्मिंस्तथा वर्तितव्यं स धर्मः।
मायाचारो मायया वर्तितव्यः
साध्वाचारः साधुना प्रत्युपेयः॥5/7॥

त्यजेत् कुलार्थे पुरुषं ग्रामस्यार्थे कुलं त्यजेत्।
ग्रामं जनपदस्यार्थे आत्मार्थे पृथिवीं त्यजेत्॥ 5/17॥

आपदर्थे धनं रक्षेद् दाराद् रक्षेद् धनैरपि।
आत्मानं सततं रक्षेद् दारैरपि धनैरपि॥ 5/18॥

वृद्धिः प्रभावस्तेजश्च सत्त्वमुत्थानमेव च।
व्यवसायश्च यस्य स्यात् तस्यावृत्तिभयं कुतः॥ 5/41॥

न तथेच्छन्ति कल्याणान् परेषां वेदितुं गुणान्।
यथैषां ज्ञातुमिच्छन्ति नैर्गुण्यं पापचेतसः॥ 5/47॥

संनियच्छति योवेगमुत्थितं क्रोधहर्षयोः।
सा श्रियो भाजनं राजन् यश्चापत्सु न मुह्यति॥ 5/51॥

महते यो ऽपकाराय नरस्य प्रभवेन्नरः।
तेन वैरं समासज्य दूरस्थोऽस्मीति नाश्वसेत्॥ 5/56॥

स्त्रीषु राजसु सर्पेषु स्वाध्यायप्रभुशत्रुषु।
भोगेष्वायुषि विश्वासं कः प्राज्ञः कर्तुमर्हति॥ 5/57॥

न विश्वसेदविश्वस्ते विश्वस्ते नातिविश्वसेत्।
विश्वासाद् भयमुत्पन्नं मूलान्यपि निकृन्तति॥ 6/9॥

ब्राह्मणं ब्राह्मणो वेद भर्ता वेद स्त्रियं तथा।
अमात्य नृपतिर्वेद राजा राजानमेव च॥ 6/27॥

न शत्रुर्वशमापन्नो मोक्तव्यो वध्यतां गतः।
न्यग् भूत्वा पयुपासीत वध्यं हन्याद् बले सति।
अहताद्धि भयं तस्माज्जायते नचिरादिव॥ 6/28॥

न बुद्धिर्धनलाभाय न जाड्यमसमृद्धये।
लोकपर्यायवृत्तांत प्राज्ञो जानाति नेतरः॥ 6/32॥

अविसंवादनं दानं समयस्याव्यतिक्रमः।
आवर्तयन्ति भूतानि सम्यक्प्रणिहिता च वाक्॥6/35॥

अविसंवादको दक्षः कतज्ञो मतिमानृजुः।
अपि संक्षीणकोशोऽपि लभते परिवारणम्॥6/36॥

न च रात्रौ सुखं शेते ससर्प इव वेश्मनि।
यः कोपयति निर्दोषं सदोषोऽभ्यन्तरं जनम्॥6/39॥

येषु दृष्टेषु दोषः स्याद् योगक्षेमस्य भारत।
सदा प्रसादनं तेषां देवतानामिवाचरेत्॥6/40॥

द्वेष्यो न साधुर्भवति न मेधावी न पण्डितः।
प्रिये शुभानि कार्याणि द्वेष्ये पापानि चैव ह॥7/4॥

न वृद्धिर्बहु मन्तव्या या वृद्धिः क्षयमावहेत्।
क्षयोऽपि बहु मन्तव्यो यः क्षयो वृद्धिमावहेत्॥7/6॥

न स क्षयो महाराज यः क्षयो वृद्धिमावहेत्।
क्षयः स त्विह मन्तव्यो यं लब्ध्वा बहु नाशयेत्॥7/7॥

न कश्चिन्नापनयते पुमानन्यत्र भार्गवात्।
शेषसम्प्रतिपत्तिस्तु बुद्धिमत्स्वेव तिष्ठति॥7/29॥

इन्द्रियाणमनुत्सर्गो मृत्युनापि विशिष्यते।
अत्यर्थं पुनरुत्सर्गः सादयेद दैवतानपि॥7/51॥

मार्दवं सर्वभूतानामनसूया क्षमा धृतिः।
आयुष्याणि बुधाः प्राहुर्मित्राणां चाविमानना॥7/52॥

आर्जवेन नरं युक्तमार्जवात् सव्यपत्रपम्।
अशक्तं मन्यमानास्तु धर्षयन्ति कुबुद्धयः॥7/62॥

अत्यार्यमतिदातारमतिशूरमतिव्रतम्।
प्रज्ञाभिमानिनं चैव श्रीर्भयान्नोपसर्पति ॥ 7/63 ॥

न चातिगुणवत्स्वेषा नात्यन्तं निर्गुणेषु च।
नैषा गुणान् कामयते नैर्गुण्यान्नानुरज्यते
उन्मत्ता गौरिवान्धा श्रीः क्वचिदेवावतिष्ठते ॥ 7/64 ॥

उत्थानं संयमो दाक्ष्यमप्रमादो धृतिः स्मृतिः।
समीक्ष्य च समारम्भो विद्धि मूलं भवस्य तु ॥ 7/68 ॥

तपोबलं तापसानां ब्रह्म ब्रह्मविदां बलम्।
हिंसा बलमसाधूनां क्षमा गुणवतां बलम् ॥ 7/69 ॥

अष्टौ तान्यव्रतघ्नानि आपो मूलं फलं पयः।
हविर्ब्राह्मणकाम्या च गुरौर्वचनमौषधम् ॥ 7/70 ॥

अक्रोधेन जयेत् क्रोधमसाधुं साधुनां जयेत्।
जयेत् कदर्यं दानेन जयेत् सत्येन चानृतम् ॥ 7/72 ।

स्त्रीधूर्तकेऽलसे भीरौ चण्डे पुरुषमानिनि।
चौरे कृतघ्ने विश्वासो न कार्यो न च नास्तिके ॥ 7/73 ॥

अभिवादनशीलस्य नित्यं वृद्धोपसेविनः।
चत्वारि सम्प्रवर्धन्ते कीर्तिरायुर्यशो बलम् ॥ 7/74 ॥

अतिक्लेशेन येऽर्थाः स्युर्धर्मस्यातिक्रमेण वा।
अरेर्वा प्रणिपातेन मा स्म तेषु मनः कृथा ॥ 7/75 ॥

न स्वप्नेन जयेन्निद्रां न कामेन जयेत् स्त्रियः।
नेन्धनेन जयेदग्निं न पानेन सुरां जयेत् ॥ 7/80 ॥

सुखार्थिनः कुतो विद्या नास्ति विद्यार्थिनः सुखम्।
सुखार्थी वा त्यजेद् विद्यां विद्यार्थी वा त्यजेत् सुखम् ॥ 8/6 ॥

आशा धृतिं हन्ति समृद्धिमन्तकः
क्रोधः श्रियं हन्ति यशः कदर्यता।
अपालनं हन्ति पशुंश्च राजन्नेकः
क्रुद्धो ब्राह्मणो हन्ति राष्ट्रम॥8/8॥

प्रज्ञावृद्धं धर्मवृद्धं स्वबन्धुं
विद्यावृद्धं वयसा चापि वृद्धम्।
कार्याकार्ये पूजयित्वा प्रसाद्य
यः सम्पृच्छेन्न स मुह्येत् कदाचित्॥8/23॥

न वै श्रुतमविज्ञाय वृद्धाननुपसेव्य वा।
धर्मार्थौ वेदितुं शक्यौ बृहस्पतिसमैरपि॥7/39॥

•••